I SANNINGENS SKUGGA

en relationsroman

av

Bia Berg

Förlag: BoD · Books on Demand,
Östermalmstorg 1, 114 42 Stockholm, Sverige,
bod@bod.se

Tryck: Libri Plureos GmbH,
Friedensallee 273, 22763 Hamburg, Tyskland

ISBN: 978-91-8080-736-4

Förord

Jag ville ge dig sanningen

omöjligheternas trofé

den sanna sanningen

ett oändligt antal sanningar

slumpens fragment

jag väljer

du filtrerar

fantasin skulpterar

den sanna sanningen

delarnas interaktion

kan du aldrig få.

Hur överlämnar man ett blodomlopp?

Anna

Solen hade ännu inte försvunnit helt i horisonten. En glödande liten punkt, som spred sina färger ut över himlen och sin värme till klipporna skulle en liten, liten stund till få mig att stanna kvar och trycka ryggen mot den varma stenen bakom mig. Mina ögon var riktade ut över vattnet, men oseende. Öronen fylldes av ljud som inte kunde höras och händerna förblev tomma. Sorgen och vreden som följde efter hans tillkännagivande hade stängt av all förbindelse mellan sinnesintryck och medvetande. Jag andades och mitt hjärta slog, men det var allt. Kroppen hade förvandlats till en behållare för sorg och vrede som båda stred om herraväldet.

Jag borde ha anat det. Det hade funnits ett stänk av frånvaro i hans blick den senaste tiden, men jag hade feltolkat det eller snarare inte tolkat det alls, ville väl inte se det. Men när man är så fullt ut som han, så öppen med sitt innersta så betyder varje liten skiftning något. Borde ha förstått att det var något.

Men vad då? Hade det ändrat något? Hade jag kunnat agera på något sätt som hade undvikit det hela? Frågorna ockuperade mina tankar och fungerade delvis som ett skydd mot smärtan, för så fort jag slutade fundera översköljde den mig och fick ögonens slussar att öppna sig. Inget hulkande, inget gnyende, inget skrik, bara en ljudlös ström från tårkanalerna, vars portar låst sig i vidöppet läge.

Han var jag. Jag var han. Vi behövde inga ord, men ändå var orden den mylla som fått oss att förvandla *vi* till singular. Gud, vad vi hade pratat, analyserat och fantiserat och ingen annan hade tidigare skänkt mig en sådan tillit. Att våga blotta sig på gott och ont så ärligt som han hade gjort såg jag som en gåva och dess värme fick mig att glöda. Vårt *vi* föddes. Aldrig tidigare hade jag varit så nära en annan människa och denna mentala närhet låste upp dörrarna för den fysiska och sprängde alla gränser.

Vi hade träffats för tre år sedan då jag hade kommit som headhuntad nyanställd till den stora reklambyrån, där jag redan vid presentationsfasen upplevt en blick av sällsam närvaro då vi hälsade, en närvaro jag kom att känna av, om han befann sig i rummet. Men ingen av oss uppmärksammade den andra på något tydbart sätt. Ett halvår senare kom vi att samarbeta kring ett projekt och när vi var klara med det föll det sig helt naturligt att röra vid varandra och sedan upphörde världen.

Nu hade solen försvunnit, men klipporna bevarade fortfarande värmen från dess strålar och fick mina händer att röra sig som smekningar över en kropp. Den släta varma stenen kändes som len hud och jag sjönk ner, kurade ihop mig och lade kinden mot den.

- Varför? Varför? Ingen annan har älskat dig som jag och ingen kommer att göra det! Det är omöjligt! Varför går du då?

Frågorna fick inga svar hur jag än tvinnade trådarna bakåt. Han hade förklarat, men jag tog inte in det, minns knappt vad han sa, bara att vårt liv tillsammans var över.

Över? Det skulle aldrig bli över! Hans intellekt och min kreativitet hade utmanat varandra på alla plan, både i allvar och i lek. Vi hade fyllt varandra. *Vi* kunde inte vara över.

Han klarade inte av skuldkänslorna längre hade han sagt. Han var tvungen att välja och skulle väl, sa han som för att trösta mig, ångra sitt beslut en dag när livet rann ut. Så hade han hållit om mig hårt och sedan gått sin väg.

Jag låg kvar på stenhällen tills värmen försvann och ljuset avtog och gick sedan sakta mot bilen för att ta mig hem. Han var troligen redan hemma sedan ett bra tag hos henne den andra, hon vars existens jag aldrig funderat över och nu satt han väl vid middagsbordet med henne, iklädd ett rentvättat samvete, lättad och pånyttfödd. Men lättnaden skulle inte vara gratis. Priset var ett förlorat elixir, vars tomrum skulle värka i honom och det kunde det gott få göra! Länge, länge, länge!

Dagen efter att *vi* upphört tog jag tjänstledigt för att senare börja på en ny arbetsplats. Att klara av alla frågande blickar skulle bli för mycket.

Det är bara på film som personerna ädelt säger: Jag älskar dig så mycket, så jag avstår från dig! I verkligheten är kärleken mellan man och kvinna krävande och egoistisk Man sätter sig själv i centrum och allt ses ur ett egenperspektiv. Den kärlek som är sprungen ur förälskelse kräver ensamrätt för att blomma.

Men jag, jag krävde ju aldrig dig bara för mig själv, så varför kunde du inte se det? Varför kunde du inte se hur ofattbar stor min kärlek var? Jag godtog att du hade ett annat liv också, så varför lämnar du mig då?

Ledsen och arg ältade jag samma tankar om och om igen. Vreden formulerade frågor som inte fick några svar och sorgen inhägnade mig. Varför, varför? Vad att göra? Vreden ville spy galla medan sorgen talade lågmält och försökte trösta med ord som: Vänta! Han kommer att ångra sig och komma tillbaka! Vredens förslag skulle bara ge en kort stunds tillfredsställelse och en raserad väg tillbaka. Man kan undra varför den är så vanlig. Nej, lidandets och hoppets väg var bättre. Den värsta smärtan fick man döva med dagdrömmar.

Jag drömde. Under en lång tid fyllde drömmarna mig och byggde ett stängsel till världen utanför. Jag såg inte människorna runt mig. De var bara staffagefigurer, som jag log mot och samspelade med i ett tomrum. Ingenting var viktigt längre. Livets vanliga dalar och toppar var som höljda i dimma.
I början tillbringade jag all ledig tid hemma. Det kunde ju vara så att han hade ångrat sig och att han behövde mig. En dag skulle han kanske stå därutanför dörren. Livet kunde bara inte fortsätta som vanligt efter att *vi* försvunnit. *Vi* kunde inte upplösas. Den tomhet som nu intagit mig blockerade alla ansatser till förändring.

Så småningom dök en inkräktare upp bland tankarna. *Du visste ju att han hade familj. Nu får du skylla dig själv!* Främlingen bredde ut sig alltmer och började ifrågasätta mitt handlande. Jag försvarade mig med att min övertygelse hade varit att man inte söker någon om man inte är olycklig. Något väsentligt måste ha fattats i deras relation, en brist som sedan beredde mark för vårt *vi*. Han hade aldrig sagt något, aldrig beklagat sig, aldrig delgivit mig något överhuvudtaget om sitt äktenskap. Det var en annan värld och den fanns heller inte i mitt medvetande. Det måste ha varit så. Han var inte någon som for runt. Han var inte social ens en gång.

En dag när drömmarna började glesna och dörren ut sågs som möjlig att öppna, råkade vi på varandra på en konstutställning. I det ögonblick som jag såg honom, lyfte han blicken från sitt programblad och fick syn på mig. Ingen av oss kunde fly. Med blickarna låsta i varandras ögon fördes våra kroppar till en mittpunkt, där han ljudlöst drog mig in till sig. Efter en omätbar stund sa han:

- Jag har saknat dig.

Hade han sett glad ut och istället sagt: Nej, men vad roligt att se dig! Hur har du det? Då hade jag vetat att allt var över, men de få orden och allvaret i hans ögon, berättade för mig att *vi* inte hade upphört.

- Kan vi gå någonstans? Jag behöver prata med dig.

Jag föreslog att vi kunde gå hem till mig och efter en tyst promenad, som jag efteråt inte har något som helst minne av, var vi där. Vi hängde av oss och gick ut i köket. Jag satte två vinglas på bordet och letade fram en dammig flaska som stått och väntat på lugn och ro och frågade om han ville ha något till. En smörgås kanske? Det var väl vad som fanns att tillgå. Nej, det var bra så, men tack ändå!

Så började han tala.

- Förlåt, jag har gjort dig illa!

- Ja.

- Jag förstod det inte då. Jag mådde så dåligt tiden före dig och jag har mått dåligt tiden efter och jag var alldeles för koncentrerad på mig själv för att förstå att jag gjorde dig illa. När jag bröt så ville jag bara göra det rätta, men vad då, vad är det rätta? Det som är rätt för en blir fel för någon annan. Leva med rent samvete, det var vad jag ville! Vilken jävla livslögn! Den som säger att han gör det är antingen blind och ser inte sina avtryck eller också lever han inte.

Jag har gjort dig illa två gånger, Jag borde aldrig ha inlett något och jag borde inte ha avslutat det. Svek mot dig båda gångerna. Så det är vad jag är, en svikare! Fy fan!

- Ja.

Han hade nog velat att jag skulle ha sagt något annat, men det var ju sant, så jag tillade bara att insikt kan göra ont, men det kanske är nödvändigt också.

- Du menar att som man bäddar får man ligga och har man gjort ett fel ska man stå för det även om felet var att hugga av sig fötterna och det blir förbannat svårt att stå då!

- Ja, något ditåt och det finns ju rullstolar, sa jag och strök honom över kinden.

Beröringen fick den container av känslor som jag samlat på mig att välta, vältra sig över mig och få min mun att tystna. Längtan och hopp fyllde våra kroppar och fick dem att tala. *Vi* var åter igen samma andetag, samma puls, samma liv, ett liv utanför allt annat.

- Du måste gå nu! sa jag när medvetandet åter intagit sin plats. Det börjar bli sent.

Han dröjde sig kvar ytterligare en stund. Han frågade mycket, frågade mig om mitt arbete, om det gav mig någon chans att få utlopp för mina idéer, men frågan han ville ställa, om jag saknat honom, dröjde. När han väl ställde den kunde jag inte bara svara med ett ja eller nej. Ett *ja* var ett alldeles för lamt ord. Det sa ju nästan ingenting. Det skulle bara vara en fingervisning i rätt riktning.

- *Vi* är substansen i min värld och substansen är det som består, oberoende av vad som är fallet, svarade jag.

- Jag tar det som ett ja, även om jag inte tror att det var känslor som Wittgenstein avsåg med det yttrandet, sa han, men om det är din tolkning, så har du tillfört ytterligare en dimension till hans tes.

Det sista han sa var
- Jag pratar med henne nu i helgen. Nu tar jag det beslut jag borde ha tagit tidigare.

- Nej, det får du inte! Absolut inte! Man ska aldrig lämna någon för någon annan. När man går ska det vara för sin egen skull. Förstår du? Du får inte lämna någon för min skull! Den bördan vill jag inte ha!

Erik

Det var tyst och nedsläckt i lägenheten då jag kom hem, bara från sovrummet letade sig lite ljus ut och gav mörkret i hallen nyanser. Medan jag hängde av mig ytterkläderna for tankarna runt utan att komma fram till något, precis som de gjort den senaste halvtimmen på väg hem.

Vad menade hon? Hon var inte någon som bara slängde ur sig saker hur som helst, inte ens i upprört tillstånd. Ja, vad hon menade, det förstod jag väl, men varför? Var hon rädd att jag skulle ångra mig, rädd för vad det skulle föra med sig eller var hon rädd för att hon själv skulle göra det och känna sig låst av den uppoffring mitt beslut skulle innebära? Jag visste inte. Jag visste bara att det var med henne jag ville leva. Det skulle kosta, kosta saknaden efter barnen, kosta en naggad bild av mig själv som far, kosta skuld över att ha svikit Iris, men jag var beredd att betala med sår i samvetet för att få leva med Anna. Nu visste jag det. Nu var jag helt övertygad. Mina försök att avstå från henne för att gå klädd i moralens vita skjorta hade inte lett till den sinnesro jag sökt. Ett lugn på ytan, men innanför en skavande längtan efter det mentala äventyr som varje stund med Anna hade inneburit. Jag hade tömt ut mitt innersta och hon hade varsamt lagt det i sin famn, smekande, värmande och gett näring och ans, utmanat och eggat och fått mig att vila samtidigt som jag fyllts av förväntan och energi.

Jag kunde inte vara utan henne. I den stund våra ögon möttes på utställningen blev jag totalt klar över den insikten och insåg att det inte längre räckte med att livnära sig på moralens sötma.
Jag förstod inte hennes reaktion. Vad var hon rädd för? Jag skulle inte ångra mig. Skulle hon det och inte kunna gå då utan att sargas av samvetsförebråelser för det pris jag betalat? Eller var det så enkelt som att hon inte ville dela ett vardagsliv? Tvivlet började gnaga. Jag trodde mig känna varje millimeter av hennes tankar, men gjorde jag det? Jag hade lämnat över mig själv totalt och visst hade väl hon också gjort det? Jag letade bland minnena för att få klarhet och försvann in i en dimma, där varje andetag förde med sig en doft av hennes hängivenhet. Jag berusades av dess styrka och förstod henne ännu mindre. Hur som helst, ikväll skulle jag inte ta något

samtal och när Iris röst nådde mig stängde jag min mentala dörr och svarade:

- Kommer snart!

Barnen hade redan somnat förstod jag och Iris halvlåg i sängen med en bok.

- Vad sen du är! Vi åkte från mamma direkt efter middagen för jag trodde du var hemma då. Var har du varit?

- Förlåt! Jag borde ha ringt och sagt att jag stött på en gammal arbetskamrat på utställningen och att vi gick och tog en öl sedan. Det var så länge sedan vi sågs och tiden bara flög iväg.

- Ja, det borde du och hur var utställningen?

- Som förväntat! Bra hantverk och tilltalande, men inga nya grepp eller något överväldigande. Hur var det med din mamma då? Glad att träffa barnen?

- Ja, det är klart! Men hon undrade var du var.

- Men du förklarade väl att det var nödvändigt för mig att se den här utställningen. Vi ska ju besluta på måndag om vilken konstnär vi ska involvera i projektet.

- Jaa, jag ursäktade dig, men jag tycker att planeringen hade kunnat vara bättre. Förresten vem sa du att du mötte?

- Det sa jag inte. Börje! Han slutade hos oss för ett par år sedan för att starta eget. Var lite nyfiken på hur det hade gått.

- Och?

- Jodå! Han hankar sig fram, men det är inte så enkelt och flashigt som man kan tro det här med egen firma.

Jävlar också, att hon skulle tvinga mig till att ljuga! Kunde hon inte nöjt sig med att det var en gammal arbetskamrat!

Samtidigt som jag skämdes över mitt eget beteende blev jag irriterad på att hon drev mig till det, men hon tycktes nöjd med svaret och frågade ingenting mer.

Oron för vad jag visste att jag var tvungen att ta itu med störde min nattsömn, gav mig drömmar om stigar som upplöstes bakom mig medan jag snubblade fram med förlamade fötter för att slutligen falla handlöst och inte kunna ta mig upp igen. Vid sextiden gav jag upp försöken till vila och steg upp. En kopp kaffe i ensamhet skulle få min hjärna att kunna konstruera en plan att följa. Vad skulle jag säga och när? Och hur skulle jag säga det?

Jo, Iris, det är så att jag är kär i någon annan och vill leva med henne nu. Jag förstår om du blir arg på mig, men nu får det bli så.

Men Herre Gud! Så kan man ju inte säga, även om det var just så det var! Hon skulle ju bryta ihop. Hela hennes värld skulle rasa samman. Nej, så kan man inte hantera det. Hur ska jag säga det på minsta smärtsamma sätt? Säga att jag är trött och behöver vara ensam ett tag?

Nej, jag är inte trött på dig, bara på mig själv! Det kan väl vara skönt för dig också ett tag att slippa mig!

Det lät bättre och inte så definitivt, Ett steg i taget! Ja, så fick det bli, men när? I kväll kanske? På dagen skulle det ju inte gå. Då hade vi bestämt att umgås med barnen och göra ett inplanerat museibesök. Något lättad över att jag nu visste hur och när började jag duka frukostbordet.

Men Anna då, hon ville ju inte det här hade hon sagt, skulle jag verkligen göra det då? Nej, jag måste få klarhet i vad hon menat egentligen innan jag agerade. Samtalet med Iris var tvunget att skjutas upp, först måste Anna förklara vad som låg bakom sitt yttrande. Så fick det bli. I morgon skulle jag kontakta Anna, reda ut allt och sedan skulle jag ta samtalet med Iris.

Skönt att ha en plan! Nu väntade en dag med familjen. Jag lämnade mina funderingar bakom mig och koncentrerade mig på att få en trevlig familjesöndag.

Besöket på Historiska muséet var redan inplanerat. Alice skulle börja läsa om vikingatiden i skolan och Iris hade tyckt att ett besök där var en bra inledning för att få upp intresset. Muséerna idag var publikfriande och gav kultur i lättsmält tappning och både Iris och jag tyckte att besöken där var ett trevligt sätt att umgås med barnen på. Både nytta och nöje på samma gång. Vilgot, sonen hade väl börjat få ett svalare intresse förstås. Alltför många andra saker lockade också och att hänga med kompisarna började bli roligare än att spendera tiden med föräldrarna. Det här insåg jag, kände helt igen mönstret från min egen tid i gränslandet mellan barndom och ungdom. Det var svårare för Iris att ställa om. Hon planerade för det bästa och när förväntningarna inte infriades, rubbades tillvaron något. Men idag skulle vi ha trevligt alla tillsammans och jag tänkte verkligen anstränga mig att vara närvarande.

Dagen förflöt med ett visst mått av intresse från barnen, och som vanligt med lite för mycket racerfart utom vid shopen som tydligen var mest intressant. Alice blev stående framför några smycken, kopior av funna halsband och ringar från vikingagravar och Vilgot bläddrade i en bok om skeppskonstruktion när jag i ett ögonblick av välvilja eller svaghet slängde ur mig:

- Ni får välja en sak var, men inte för dyr!

I samma ögonblick jag uttalade orden ångrade jag mig, men gjort var gjort. Barnen strålade, men gjorde Iris det? Jag borde ha förvarnat henne. Spontana infall skulle vara planerade. Jag slogs av hur absurt det lät men också hur sant. I en perfekt tillvaro kontrollerar man sina impulser. Nej! Inte idag! Jag tittade försiktigt på henne, men det gick inte att läsa av vad hon tänkte.

- Får jag ta den här boken pappa? undrade Vilgot och höll upp boken han stått och bläddrat i. Den är lite dyr, men jag kan lägga till av mina pengar!

- Visst, om det är den du helst vill ha, men då gör vi så här, att när Alice valt sin sak så får mellanskillnaden bli det du får lägga till själv. Blir det bra?

- Ja, jättebra! Tack!

När Alice valt en halskedja och jag betalat barnens köp styrde vi stegen till caféet och alla tycktes nöjda, inte minst jag själv. Tyckte att jag lyckats bra med att vara i nuet och inte grubbla bakåt eller tänka på vad som väntade och mitt obetänksamma yttrande såg ut att vara glömt.

Vi fick en trivsam kaffestund med glada barn och Iris försökte få Alice att tycka att det skulle bli jättespännande att få lära sig mer sedan i skolan. Själv bad jag att få se lite i Vilgots bok och tillsammans beundrade och kommenterade vi forna tiders skicklighet och inte minst mod. Tänk att våga sig ut på ett oändligt hav och inte veta vad som väntade! Vad drev dem? Nyfikenhet? Nöd? Statusjakt kanske? Redan då?
Jag delgav Vilgot mina tankar och sa att vi kanske inte är så olika våra förfäder som vi tror. Det kanske bara är sättet som vi lever på som förändrats.
Han funderade en stund och sa sedan:

- Nä, inte bara! Jag skulle aldrig slå ihjäl någon hur arg eller hur hungrig jag än var! Och det skulle väl inte du heller?

- Nej, det skulle jag inte. Kanske respekterar vi liv annorlunda idag, de flesta av oss i alla fall, men visst händer det även idag att människors liv negligeras i någon sorts inbillad rättvisas namn och ibland har grymheten bara bytt ansikte. Förr var den brutal. Idag kan den också vara sofistikerad och inte lika synlig.

Nu räckte nog utläggningen för Vilgots del. Jag märkte att uppmärksamheten dalade och jag tystnade, men jag kände mig lite träffad själv av mina egna ord. En lättare form av grymhet hade ju mitt eget agerande lett till, helt utan någon som helst avsikt att såra men likväl hade det blivit så. Är det mindre förkastligt att såra då än om man avsiktligt gör det? Ville gärna tro det, men är det inte resultatet egentligen som brukar räknas? Jag kände mig villrådig och trängde bort den olustiga känslan med att föreslå hemfärd och pizzainköp.

Måndag morgon, gråmulet och slaskiga snöflingor som singlade i luften. Obehagligt väder och en obehaglig känsla inombords. Dags att ta itu med tillvaron! Dags att bli herre över de val som skulle göras och det skulle jag bli genom att noga undersöka valets förutsättningar och följder. Minns att jag för länge sedan läst Kirkegaards långa utläggningar om valets vånda men också vikten av att inte undandra sig valet, men det var också det enda jag mindes, att man var tvungen att välja. Så mycket lättare att inte göra det, att låta omvärlden styra, så slipper man välja fel! Nej, nu skulle jag prata med Anna idag, få henne att förklara ordentligt hur hon tänkte och skingra de orosmoln hon kanske skymtade.

Klockan var bara sex då jag vaknade och jag kunde i lugn och ro plocka fram frukosten för att sedan väcka familjen. Frukostvanorna fungerade bra så. Jag som oftast var morgonpigg plockade fram och Iris som började arbetet senare på dagen dukade av. På måndagarna då vi brukade ha möte på morgnarna gav jag mig iväg lagom till att de andra satte sig till bords och idag kändes det extra bra så. Jag var alldeles för fokuserad på vad jag skulle säga till Anna och hur jag skulle få henne att förklara.

Det var en råkall vind som mötte en och fick snöflingorna att söka skydd innanför kragen samtidigt som de som landat på gatan redan börjat sin omvandling till våt sörja, som klättrade uppför kängorna och la sig som ett teddyfoder runt vristerna. Usch, för januari! Morrande och huttrande nådde jag tunnelbanenedgången vid S:t Eriksplan och upplevde den fula trappan som vacker och hallen som varm och vänlig.

Det var mycket folk på perrongen och trängsel på tåget där ångan från fuktiga kläder och kroppsvärme kändes som ett syreslukande monster och fick mig att längta till avstigning.

Efter en femminuterspromenad nådde jag arbetsplatsen. En behaglig kaffedoft mötte mig vid dörröppningen, så tydligen var jag inte först på plats. Robert hade redan satt fram muggar och ställt fram ett fat med diverse kakor på och förklarade utbytet av Mariekexen med att frun skickat med brödet för att slippa extrakalorier nu när hon nyss påbörjat lite nya avsmalningsvanor.

- Mycket klokt av henne! Nej, jag menar inte att hon behöver det! Tvärtom! Nej, det var bara kakorna jag tänkte på. Passar bra en sådan här ruggig dag!
Robert skrattade till över mitt klumpiga uttryckssätt och svarade:

- Och du ska vara ordkonstnären här! Du håller väl inte på att tappa precisionen?

Nu började de andra anlända och snart satt vi alla vid bordet förenade i stönanden om vädret och med tackhälsningar till Roberts fru. En känsla av samhörighet spred sig i kroppen för varje mun kaffe vi intog.
Robert gjorde en kort resumé över vad vi hittills kommit fram till gällande projektet BARNENS PARADIS, ett kommande hus med tillgång till det mesta ett barn kan önska, aktiviteter, butik, café och festlokal. Om c:a ett halvår skulle det öppna och då skulle alla veta det, vara nyfikna och längta dit genom den reklamkampanj vi fått i uppdrag att dra i gång.

Vi var överens om att reklamen måste satsa på att väcka nyfikenhet, men den måste ju först och främst uppmärksammas, sticka ut på något sätt och hur skulle vi få den till det? I det försöket hade alltför många reklamsnuttar snavat på att bli för långsökta, och fått folk att tappa intresset. Skulle vi satsa på humor eller en maximerad estetisk upplevelse? Det var mycket att diskutera och samsas kring, men alla var engagerade och jag kände ett stråk av tacksamhet som hade ett arbete som var så stimulerande och roligt. Hur många av de, som säger att de trivs på jobbet trivs med sina uppgifter också och inte bara med sina arbetskamrater?

Jag hade så mycket i livet att vara tacksam för och ändå kändes det som ett tvång att allt måste vara det bästa. Eller var det så att vissa områden var så viktiga så de överskuggade allt annat? Ja, så var det nog, åtminstone just nu!

På lunchen får jag försöka nå Anna och få till ett möte senare.

Anna

En del av honom fanns kvar när han gick. Hjärnan hade förvandlats till en virtuell spelkonsol som fyllde öronen med hans röst, förde hans händer över min kropp och suddade ut tiden utan honom. Han levde i mig och han följde med mig in i sömnen.
Jag vaknade med motstridiga känslor. En varm längtan som försökte sätta sig upp mot det svala förnuftet ockuperade morgonen och jag kom att tillbringa söndagen som mittpunktsmarkering på ett rep i dragkamp. På ena sidan bäddades jag ner i minnen som smekte mig och på andra sidan nöp mig rädslan för den försakelse han stod i begrepp att göra.

Man får inte göra så! Förstår han inte vilken press det sätter på mig? Hur klarade Mrs Simpson av Edwards abdikation? En storslagen gåva, men också ett förfärligt ok.

På måndagen ringde han och vi bestämde att ses på Sturekatten klockan tre.
Vid lunchtid sa jag att jag hade komptid att ta ut och att det skulle passa bra då. Det var ju en lugn dag utan några möten och för

närvarande arbetade jag självständigt med ett uppdrag.

- Visst, Anna, klokt tänkt och får du tillfälle att känna av några kommande vindar så är det ännu klokare!

Viktor, pragmatismens riddare, försökte städse se möjligheter och var alltid positiv till logiska förklaringar. Han var en bra chef, utgick alltid från människors goda intentioner och därifrån startade han alla dialoger. Jag log tacksamt mot honom och nickade.

- Givetvis, så länge ingen stormvarning är utfärdad, så ska det väl gå bra!

Jag kom i god tid till caféet och sökte mig till ett litet bord en aning i skymundan. Naturligtvis ville han ha en förklaring på mitt yttrande som fått honom att se helt oförstående ut. Han, den självklara ordjonglören hade missat budskapet i en boll. Han som alltid förstod efter första bokstaven hade sett helt brydd ut, nästan som när vi sågs första gången. *Vem är du? Vill du älska mig?* hade jag då läst i hans blick och mina ögon hade dröjt där någon sekund extra innan de vandrat vidare. Den outtalade frågan hade boat in sig hos mig och fått mig att längta efter att röra honom.

Så gjorde jag det till sist och han blev mitt barn och han blev min gud. Hans intellekt trollband mig och hans vidöppna dörr till sina svagheter och tillkortakommanden fick ömheten att vibrera. Aldrig tidigare hade jag varit så nära någon och aldrig tidigare hade hela jag blivit så sedd.

Mina tidigare lite längre förhållanden hade väl inte varit usla, men halva kanske. Sidor hos mig, som jag själv velat bli uppskattad för som fantasi, uppfinningsrikedom, och vetgirighet hade fått leva lite i skymundan. Det som jag önskat skulle ha varit kriteriet för attraktion hade inte varit det. Det hade varit helt andra alldagliga saker som utseende och social kompetens. Mitt önskade orsakskriterium, hade i själva verket haft ett *trots* fästat vid sig istället för ett *därför*.

Så efter alla dessa år, någon som såg och uppskattade och dessutom släppte in mig och lät mig röra och beröra.

Nu kom han med sökande blick och jag sträckte upp en arm och vinkade så han skulle se mig. Våra ögon möttes i en omfamning och någon sekund senare våra händer.

- Jag förstår inte, sa han. Vill du inte att jag lämnar Iris? Du måste förklara för mig!

- Jag vill bara inte att du lämnar henne för min skull! Om du lämnar henne ska det bero på att ni båda får det bättre utan varandra, inte att du går från ett bra förhållande till något du nu tror kanske är ännu bättre. Vet gör du inte. Förstår du hur jag tänker? Det kommer att göra ont, för Iris, för dig och för dina barn. Jag vill inte vara orsak till det. Du måste inse hur en skilsmässa kommer att påverka er alla.

- Det gör jag och jag vill ju leva med dig!

- Ja, och jag vill leva med dig, men inte till vilket pris som helst. Man kan inte sätta sig själv i första rummet när man har barn som behöver en. Ett varannanveckasboende är en nödlösning när föräldrarna inte kan bo tillsammans, när kylan mellan dem skadar mer än vad en skilsmässa gör.

När jag sa att jag inte ville ha bördan av en skilsmässa menade jag det verkligen. Jag hade själv varit ett skilsmässobarn, utan stormigt lidande, men med en ensamhet såväl i rummet som i mitt inre. En ensamhet, som jag först långt senare förstod, hade lagt grunden för min längtan efter extrem närhet som präglat hela mitt vuxna liv.

På den tiden bodde de flesta kvar hos sin mamma och träffade sin pappa på helgerna och så även jag, en eller ett par gånger i månaden till en början och så småningom, då han flyttat till en annan stad, mer och mer sällan. Båda två hade så småningom gift om sig, men istället för att få fyra närstående kändes det som att ingen fanns kvar för mig längre.

- Dina barn ska inte behöva mista sin trygghet för min skull och jag vill inte bli bunden av uppoffring från din sida. Tänk om tiden en dag nöter sönder det vi har idag, då är vi fångar hos varandra.

- Säg inte så! Var och varannan människa skiljer ju sig idag. Det är massor av barn som bor på två håll och har det hur bra som helst. Det blir ju till och med bättre för en del! Och att vår relation skulle bli söndernött är utopiskt. Tro inte att jag är besatt av orealistiska fantasier om hur det kommer att bli! Jag har hunnit tänka en hel del, se saker ur olika perspektiv och bli förberedd och jag har vaskat fram vad som väger tyngst och det är samvaron med dig. Det är bara då som jag vilar. Det är bara då som jag känner att jag är jag.

Hans ord lugnade mig delvis, men bara kring det som rörde *hans* känslor. Rädslan för mina egna skuldkänslor gentemot hans familj fanns kvar liksom rädslan för min egen känsloutveckling. Tänk om vi skulle få nog av varandra en dag, om inspirationen och engagemanget skulle sina när vi fanns för varandra hela tiden? *Smakade inte kaffet bättre under ransoneringstiden?*
Framtiden kändes oviss och jag skrämdes av tanken på att jag en dag kanske inte skulle vara den jag var idag, inte känna på samma sätt och då skulle skulden komma krypande igen. Jag hade svårt att föreställa mig att det skulle bli så, men rädslan för samvetsförebråelser skuggade mina tankar och fick mig att åter igen försöka förklara.

- Tänk dig att jag inte finns. Ditt val står mellan att leva med din familj som du gör nu och att leva ensam, fri att göra vad du vill, drömma om en idealtillvaro med hopp om att så småningom kunna få den, men ovisst. Vad väljer du?

Han såg brydd ut och svarade:
- Jamen, så ser ju inte verkligheten ut!

- Jo, verkligheten för ditt *val*! Jag klarar inte av att vara katalysatorn som startar en förändring som leder till smärta som bieffekt.
Du vet vad jag känner för dig, så det har inte ett dugg med osäkerhet att göra, bara med min feghet, att inte klara av den samvetskonflikt som uppstår om du väljer bort något på grund av mig.
Jag försvinner inte, oavsett vad du väljer, men inget av alternativen ska baseras på ett liv med mig! Ta inget förhastat beslut! Tänk igenom allt noga och när du bestämt dig tänk ut de värsta scenarion du kan komma på och begrunda allt en gång till. Sedan kan vi ses.

- Ditt svar är alltså att du inte vill vara delaktig i mitt beslut, att du skulle få samvetskval då och att du kommer att känna dig bunden av mitt ställningstagande.

- Ja, så är det nog. Den tyngsta komponenten är skuldkänslorna som skulle uppstå och som skulle förvärras om vår relation inte skulle hålla.

Han hade helt klart förstått nu vad jag menat, men han såg besviken ut, som att det inte var vad han hoppats på.
- Om jag bryter upp är det väl för fan mitt beslut och inte något som du behöver känna skuld för! Nej, jag förstår inte den inställningen. Du kände ju inte skuld tidigare så varför nu?

- Nej, det gjorde jag inte, men det var skillnad! Nu berövas din fru och dina barn dig. Tidigare fanns du där för dem och jag tyckte inte att jag tog något från någon annan och jag fanns i utkanten av ert liv. Nu skulle det bli tvärtom. Vänta lite med att bestämma något!

Han nickade och såg begrundande ut. Så reste vi oss och lämnade caféet. Innan vi skildes kramade han mig länge och sa:

- Anna, jag vet att du är en noggrann person som alltid överväger saker ur olika vinklar, men du är också spontan och har lätt att hitta lösningar så fastna nu inte i den här skuldrädslan! Och tvivla inte på mig! Du vet hur jag känner för dig och kommer att känna! Kom ihåg att man inte kan helgardera alla lopp! Man måste ta en del risker ibland.

Så skildes vi åt för att båda möta några tomma veckor. Tomma veckor, där självanalysen skulle få all tillgänglig tid, en själens storstädning där allt flyttbart lyftes undan.

Tomma veckor, men inte ensamma. Han fanns inom mig, men fanns inte längre som en saknad utan mer som tillförsikt. Jag tänkte mycket på honom och började fundera i en sorts önsketänkande kring vad tankar är rent fysiskt. Kunde det vara så att de alstrade någon sorts vågor som nådde föremålet?

Var det, *det* helt enkelt som var kvantfysik? Nej, det trodde jag väl inte, men man kan aldrig veta något helt säkert hade redan antikens skeptiker påpekat. Därför bör man betrakta all kunskap med ödmjukhet Så visst kunde man fantisera om tankevågor utan att känna det som man ramlat ner i någon modern flumfälla. I själva verket rörde det ju sig om gammal visdom när man tänkte så.

Erik

Den tillfredsställelse jag känt över att äntligen ha fattat rätt beslut skuggades av Annas ord. Hon borde väl ha glädjestrålat och börjat planera för framtiden istället för att bekymra sig över mitt samvete och barnens och Iris känslor? Men ville hon att jag skulle vänta med mitt beslut för att höja säkerhetsnivån så fick det väl bli så!

Lite konstigt var det. Rollerna hade plötsligt blivit ombytta. Det var ju jag som var den eftertänksamma och hon den spontana impulsiva! Jag letade bakåt i tiden för att erinra mig om jag någon gång tidigare hade sett detta drag hos henne, men kunde inte komma på något sådant tillfälle. En viss skörhet och medkänsla i ömmande situationer hade hon väl visat, men det var ju inte samma sak. Nej, det som utmärkte henne var ju spontaniteten. Ja, den och kreativiteten och lekfullheten, det var ju det som var Anna.

Jag överfölls av sådana minnesbilder och vandrade tillbaks till början av vår relation. En dag hade det legat ett kuvert i mitt postfack på kontoret med en rund vit sten i och ett meddelande

*Minns du Maria Gripes Vita stenen? Här är
den! Om du vill ha den dröj dig kvar på
jobbet på torsdag, så får du veta mer!*

Jag hade passerat hennes skrivbord med ögon
fyllda av undran som bara fått en antydan till
leende som svar. Sedan hade två tysta och
upptagna dagar följt som färgats av väntan
och funderingar. Torsdagen hade blivit en
lång dag, inledd med ett möte om ekonomi,
planering och praktiska frågor rörande
lokalen. Det längsta möte som någonsin
hållits under en timme. Utläggningarna hade
tuggats som seg kola, fastnat i tänderna och
tuggats om. Anna hade varit ovanligt tyst.
Det knappa utrymmet för idéer hade väl inte
inspirerat till några förslag eller också hade
hon som jag varit ockuperad av andra tankar.

Vad vill hon att jag ska göra?

Något som tangerar gränsen för det möjliga
hade jag för mig att man skulle göra i boken,
men vad skulle det kunna vara i vår samvaro?

Eftermiddagen hade jag tillbringat med en
lista på angivna orsaker till varför man skulle

använda en ny obekant tandkräm, ett under av effektivitet, som skulle halvera tandläkarkåren och få användarna att nå Lycksalighetens ö. Helt enkelt ett mirakel! Jag hade halvhjärtat skissat på några bildförslag och rubriker men överrumplats gång på gång av mina egna funderingar och tidens långsamhet. Så började äntligen kontoret avfolkas och till sist hade jag kunnat lägga stenen framför Anna och fråga:

- Vad ska jag göra för att få behålla den?

Hon hade sett på mig med ett litet skälmskt uttryck och sagt:

- Ta mig med till någon plats bortom civilisationen och ge mig en upplevelse utanför tiden!

- Allt innanför den ramen upp till mig?

- Ja!

En vecka senare, en dag i maj med ett stänk av vårkyla i sommarlöftesvärme hade vi tagit oss ut till mina föräldrars sommarställe vid havsbandet och där lånat utombordaren för att snabbt kunna ta oss till en liten ö, jag kände till, långt ifrån all bebyggelse, en ö med dansbaneklippor, små ängar och dungar av hukande träd. Bortom civilisationen! Jag hade tagit Anna i handen och fört henne mot öns innersta, där ett mjukt bolster av björnmossa ropat efter beröring. Med smekande händer hade vi befriat oss från civilisationens sista rester och låtit våra kroppar bli *en* som sjönk ner i en bädd av vårdoftande mossa och fylldes av jordens andetag.

Vi var ett med livet. Tidlöst. Det kunde ha varit för tusen år sedan. Det kunde vara i morgon. Vi var livet, kärnan som förde livet vidare, livets odödlighet.

Så småningom hade mossan känts fuktig och lite kall och vi hade tagit våra kläder i handen och sökt oss ner till de soluppvärmda släta klipporna där vi hud mot hud dansat till mitt nynnande av *Love me tender*.

Vi hade druckit vin och ätit bröd och vi hade utforskat resten av ön innan vi i skymningen hade lämnat den plats som för alltid skulle vara vårt tempel.

Innan vi skildes räckte hon mig stenen och sa

- Den är din nu!

Så hade vår lek börjat, utmanat och stimulerat, utgjort en kontrast mot det allvar som stundtals fick ta plats, ett djupdyk i existensens villkor och förutsättningar, där vi följde varandra i vindlande tankegångar och alltid hittade en ny belysningsknapp.

- Gud, vad jag älskade henne!

Det året föddes jag för andra gången. Glädje och tankeskärpa intog mitt jag. Arbetsplatsen blev en lekplats för briljans och gav energi istället för att ta energi, en energi som jag kunde ösa av till barnen och Iris. Jag hade varit lycklig, levde som pånyttfödd under de kommande två åren.

Fick man vara så lycklig? Tvivlet hade börjat gnaga och inom mig hade en tanke börjat få fäste som påpekade vad anständig moral förväntade sig. Ett litet sår hade uppstått, men med ett plåster av bortförklaringar kunde lyckokänslan bevaras ett tag till. Fast en dag hade plåstret ramlat av och innanför hade såret varat sig och jag hade fått rengöra gång på gång utan att det läkte. Jag hade nog fått svar på min fråga.

Nej, man får inte vara så lycklig!

Så hade några hemska månader förlöpt, då jag visste vad jag var tvungen att göra. Jag ville inte, jag stretade emot, jag letade efter nya infallsvinklar, men kunde aldrig övertyga mig om att något kunde rättfärdiga mitt handlande och till sist en dag med Anna vid havet hade den sista försvarsbarrikaden brutit ihop och jag hade delgett henne mitt beslut. Jag tyckte att jag förklarade, men det hade varit som om hennes intellekt hade varit frånkopplat, Efter en tröstande kram hade jag övergett henne.

Tiden efteråt kom att bli hemsk. Saknaden efter Anna var förfärlig. På arbetsplatsen, ett tomt skrivbord där hon suttit och inom mig lika tomt. Runt mig upplevde jag frågande blickar från arbetskamraterna. Naturligtvis hade de förstått eller anat något även om vi gjort allt för att hemlighålla vårt förhållande, men djupet var okänt, att det var ett gruvhål istället för en pöl visste man inte och man sa då inte heller något.

Jag påminde mig om hur hedervärt mitt nuvarande liv var och höll mig sysselsatt med barnen och Iris och arbetet, en uppdragbar docka som glatt marscherade på, gick och gick i ett halvår.

Sedan kom den där dagen på konstutställningen som jag känt ett tvingande behov av att besöka. Vändpunkten, men sedan detta oanade besked som jag hade så svårt att ta in!

Min glada, impulsiva Anna, som nu eftertänksamt tydligt förklarat vad hon menat. Ja, jag skulle ge mig tid att tänka, men jag visste resultatet redan nu. Jag skulle tänka

samma tankar om och om igen, låta tiden gå
och sedan agera.

Iris

Det var första dagen på semestern och det var första dagen på bra länge som det regnade. Kanske lika bra det. Då slapp man i alla fall solen i ögonen och man slapp lockas av att ta fikapauser så fort man såg glittrande vatten. Packningen var avklarad och det enda som återstod var necessären och handväskan, den stora med plats för bilkartan, smink, anteckningsblocket, almanackan och mobiltelefonen utöver plånboken och så kassen med dricka, kaffe, smörgåsar och lite frukt. Hade jag stängt av alla apparater? Var alla lampor släckta? Inga matrester i kylskåpet? Efter en extra kontroll kändes det riskfritt att stänga dörren, låsa och bege sig till bilen.

Det regnade rejält, stora tunga droppar som borrade sig igenom det mesta och jag berömde mig själv som hade tänkt på att leta fram regnkappan. Marken som tidigare öppnat sig och längtat, förmådde inte suga åt sig i samma takt som dropparna föll, utan vattnet rann i små strilande rännilar nedför alla upphöjningar i marken och samlades i pölar i sänkorna. Jag sicksackade så gott jag kunde för att hindra fötterna från att marineras i kippande skor och nådde bilen med en känsla av belåtenhet.

Bilen startade snällt och jag var på väg.

- Vart?

- Jaa, vart? Söderut och sedan får vi se.

- Jaha, och…

- Måste jag veta allt? Vi får väl se! Se när regnet slutar och se var jag är då!

Hela livet hade jag alltid vetat vad jag skulle göra, aldrig haft plats för spontanitet utan hela tiden hade kontrollanten i huvudet jämfört, bedömt och valt. Hade jag nu bestämt min resrutt så skulle genast kalkylatorn satt igång att räkna ut tiden det skulle ta för att komma till målet och planeraren hade snart haft ett program och jag hade blivit insnärjd i en massa påhittade måsten. Nej, nu var det dags för kontrollanten att retirera och låta slump och infall få lite utrymme! Känslan av stolthet och förnöjsamhet som jag tidigare känt över att ha kontroll på tillvaron fanns inte längre, så nu var det dags för förändring. Jag ville, jag måste!

Det regnade fortfarande när jag passerade Norrköping, men inte lika häftigt och efter några mil ljusnade himlen och i några sekunder då och då lyckades solen ge tillbaka alla gröna nyanser till naturen och få träden att spegla sig i vattendränkta ängar.

När molnen skingrats kändes det lämpligt att köra av på en mindre väg för att låta kroppen sträcka ut och röra på sig i en kort promenad och sedan njuta av en kopp kaffe i det fria. Jag körde åt sidan på den lilla vägen och steg ur bilen. I den nykomna solvärmen ångade marken och sommarens alla dofter sköljde över mig och tvättade bort allt bakom och framför i tiden. Lyckoberusade fåglar fyllde öronen med musik och ögonen vilade i grönska. Just nu i stunden var världen underbar, levande, begränsad och oändlig. Bara detta lilla här och nu var livet, utan början utan slut.

Jag blev sittande en stund efter att kaffet var urdrucket och lät mig smekas av sommaren. Om jag bara blev sittande här helt stilla, länge, länge, så skulle det kanske kännas som tiden upphört och sedan startat på nytt. Allt bakom skulle vara borta, men hur länge skulle man behöva sitta? Jag tänkte inte testa, bara njuta en liten stund till, träna mig på att vara i nuet.

Det var skönt i solen. Jag slöt ögonen och försökte få mina tankar att vila. De fick inte vända bakåt, inte ännu. De skulle helst vistas på okänd mark med vågskvalp och varm sand, badande i sol och handla om morgondagen.

Efter en stunds fokusering på kommande dagars möjligheter packade jag ner termosen och plastburken som innehållit de nu uppätna smörgåsarna och gick mot bilen för fortsatt färd. Väl där plockade jag fram bilkartan och försökte se var jag befann mig. När jag hittat platsen markerade jag den och vägen dit med kulspetspennan. Kunde vara bra att veta en annan gång, att här fanns en avskild och utmärkt plats att rasta på inom nära avstånd från E4. Så mycket trevligare att svänga av lite mot att stanna på de förväntade rast-platserna!

Så startade jag bilen och fortsatte mot Linköping, där det var dags att tanka och sedan vidare förbi Mjölby och så småningom glimmade Vättern till i ett silvrigt soldis.

 Det var en ljus natur som mötte en då man skönjde Vättern. Barrskogen hade fått ge vika för åkrar, ängar och lövträd och plats för rymden. Diset över vattnet målade landskapet i pastell och jag bestämde mig för att leta mig ner till Gränna.

Det var tidig sommar och ännu inte fullt med turister utan staden låg där lite småsömnig i finkläder och sträckte på sig förväntansfull och beredd.

Jag parkerade på torget och flanerade Brahegatan fram och tillbaka en bit och konstaterade att polkagrisarna vuxit i antal sedan jag för ganska länge sedan besökt staden, då i sällskap med mina föräldrar och min far hade köpt den största stång som gick att uppbringa, samtidigt som min mamma förmanat mig att inte bita i den och inte äta upp den på en gång. Jag hade njutit av den under hela resan hem och tuggat tyst, så ingen mer än jag själv skulle höra det goda knastret.

Jag var nog tvungen att köpa en nu i alla fall, en hemgjord och äkta. Inte för något sötsugs skull. Nej, då fanns det godare saker att njuta av, men för att återskapa en känsla av barndomens tillfredsställelse.

Jag gick in i en butik som andades anor och hade ett generöst utbud av både färger och former på sina stänger och valde en som såg ut som den för länge sedan och stoppade ner den i väskan. Nu skulle jag inte äta den. Nej, det räckte med att handla den.

Jag strosade ner mot hamnen och satte mig på en bänk. Det började bli kväll och solen kanade över vattenytan i ett stoltserande försök att förföra sinnena. Med halvslutna ögon silade jag silverblänket och svalde det som ett spädbarn diar sin mor. Klunk på klunk av naturens vackra skådespel, skönhet som livselixir! Visst, men mest vemod! Det kan bli för mycket. Upplevelsen får inte plats. Den måste delas och när ingen finns att dela den med tränger sig vemodet in och tar kommandot. Så var jag där igen! Närvarande i *då*.

En helt vanlig vardag utan något speciellt varningstecken hade han frågat om jag inte var trött på honom. Jag hade väl satt upp ett frågande ansiktsuttryck och inte förstått vad han menat, så han hade fortsatt med att säga att det var i alla fall han, trött på sig själv.

- Men snälla nån! Det är väl alla ibland, trötta på sig själva! Man kan känna sig tjatig, blek och eländig! Men varför skulle jag vara trött på dig? Du gör vad som förväntas av dig och du tar lagom mycket plats.

Vad hade han inbillat sig att jag skulle säga? *Men Erik då, du är ju mitt allt, hur kan du tro att jag blir trött på dig?* Nä, det hade han nog inte. Han hade varken smålett eller sett besviken ut. Bara icke närvarande! Så hade han med en tom blick sagt att han inte mådde bra och behövde vara för sig själv ett tag. Jag hade protesterat och försökt få honom att förstå att det var väl just då man inte skulle vara för sig själv, men orden hade inte nått honom. Han hade bara sett irriterad ut och utbrustit:

- Men för helvete! Du förstår inte!

Jo, jag hade märkt den sista tiden att han varit mer dämpad än tidigare, lite håglös. Men inte funderat över det mer än att arbetet varit intensivt och jag hade erinrat mig att han för några år sedan haft en liknande period, men den hade ju gått över sedan och jag hade sett den Erik jag en gång gift mig med, glad och energisk, ja till och med ännu mer levande och fylld med idéer och infall.

- Det kommer att gå över!

- Nej det kommer det inte! Jag vet det och det är inte som du tror, att jag är överansträngd eller så. Nej, det sitter mycket djupare. Jag har ett arbete som ger stimulans och utveckling och som jag stortrivs med och jag har en familj som jag älskar och bara vill allt gott, men det räcker inte, Iris. Du har varit en fantastisk hustru och månat om vår familj så enormt, men det finns mer! Vi har inte haft den närhet som jag har behövt. Det är väl mitt fel, men någonstans är det så att vi inte når varandra riktigt. Jag vill skiljas!

Så hade han sagt och min reaktion hade uteblivit. Jag måste ha hört fel, missförstått något. Skiljas? Det kunde han inte ha sagt. Jag kände till få äktenskap som fungerade så väl som vårt. Var och en visste vad som förväntades, alla hade sin roll, samstämda regler, rutiner, gemensamma värderingar. Allt flöt fram utan hetsiga gräl och meningsskiljaktigheter. Vi hade kunnat vara ansiktet utåt för "Lyckliga familjen". Vi hade tagit oss dit. Allt var inte givet från början. Lite ge och ta hade krävts och jag hade ofta varit tacksam över hur smidigt allt löpt på.

När orden väl hade sjunkit in märkte jag att han iakttog mig med en allvarlig min som att han befarat att jag inte skulle förstå. Det gjorde jag visst det.

- Vad heter hon?

Efter en stunds tvekan svarade han.

- Det är oväsentligt. Hon vill i alla fall inte ha mig.

- Men du vill ha henne?

- Ja.

- Då förstår jag inte varför du vill skiljas om hon inte vill ha dig!

- Jag måste bara! Du är värd någon mycket bättre än jag. Jag är tom. Har varit det så länge nu. Förlåt! Jag har gjort slut med henne för ett bra tag sedan för att leva bara med dig, men hon finns hos mig ändå. Förlåt! Att fortsätta så här är inte rätt mot dig.

- Nej, det är det inte! Verkligen inte! Och hur länge pågick det ni hade ihop?

Han hade dröjt med svaret lite för länge för att jag skulle kunna ha kvar hoppet om något tillfälligt.

- Ganska länge.

- Och vad är det? Ett år eller…?

- Lite mer.

- Hur mycket mer?

- Vad spelar det för roll? Ja, länge då!

Plötsligt hade det slagit mig att hon måste ha funnits i bakgrunden under den period som han hade varit så levande och fylld av glädje, som jag tolkat som ett resultat av vårt förhållande. Den insikten hade fått lugnet att brisera. Det var inte jag som slog honom, som dunkade mina nävar mot hans bröst och skrek. Likväl var det så.

Han hade dragit mig intill sig och lagt sina armar runt mig som ett skyddande täcke, som man tröstar ett barn och mumlat:

- Förlåt, förlåt! Jag ville dig aldrig något ont! Jag har ju älskat er också!

- Också! hade jag skrikit och slitit mig loss, Också!!! Så vi, din familj älskade du bara också! Du är inte värd oss! Du kan fortsätta att älska "hon som inte vill ha dig"! Det vill inte vi heller! Ha dig! Dra! Försvinn!

Han hade sett på mig alldeles förskräckt och bett mig att lugna ner mig och tyckt att vi skulle prata om det.

- Prata om det? Vad ska det tjäna till? Skjuta över skulden på mig då? Nej, tack! Du kan gå nu! hade jag svarat i ett fortfarande upprört tonfall och knuffat på honom.

- Ja, ja! Jag ska.

Och så hade han gått.

Sedan hade allt gått väldigt fort. Han hade hittat ett andrahandsboende och han hade kommit hem till dem efter några dagar och satt sig med barnen och förklarat för dem att han inte mått bra och att han behövde bo själv ett tag och gång på gång betygat att han älskade dem så mycket och även mig och att han ville träffa dem så ofta han kunde.

- Ja, ja, hade Vilgot svarat. Ni ska alltså skilja er. Jag fattar.

Det som för mig varit en ofattbar katastrof, som fått min värld att likna en krater fylld med krossad samhörighet, hade framstått som en nästan naturlig sak för Vilgot. Det kunde inte vara så! Han dolde det bara! Nu skulle jag oroa mig för det också!

Alice hade däremot sett lite ledsen ut och sedan sagt.

- Men det blir bara ett tag va som du inte bor här?

- Så kanske det blir lilla gumman! Jag vet inte. Jag kan inte svara mer än *kanske* idag. Men jag kommer ju att träffa er, hur mycket som helst!

Hon hade sett lite lugnare ut och börjat pyssla med sitt.

Så hade han vänt sig mot mig och sagt:

- Du får diktera villkoren, men självklart vill jag träffa barnen så ofta det går. Här ibland om du inte misstycker och vissa helger i mitt tillfälliga boende. Bestäm du och titta över vilka helger du tycker de kan få vara hos mig!

Jag hade velat skrika *aldrig!!!*, men jag insåg att för barnens skull gällde det att behålla lugnet. De måste kunna bevara tilltron till båda sina föräldrar, så jag hade med ett milt leende svarat:

- Javisst! Jag ska sätta mig med barnen sedan och se över vad som är inbokat för olika saker och så kan vi tillsammans göra upp en plan.

Han hade mumlat ett tack och sedan gått.

Så hade våren runnit iväg. Tillfälliga besök ibland i veckorna och hämtning och lämning vid helgerna. Det hände att han kunde se lite vilsen ut, en aning nedstämd bakom glada hälsningsfraser, men jag frågade aldrig något. Ilskan från uppbrottet var inte borta och den ställde sig i vägen för känslor som fortfarande kunde bränna till och vilja närma mig honom.

Jag förstod inte och ville inte fråga, men hur kunde ett idealiskt äktenskap, som jag hade upplevt det, visa sig vara något helt annat för honom? Nej, det hade varit bra. Det måste ha varit den där kvinnan som förlett honom, förfört honom och fått honom att plötsligt önska sig andra saker i livet. Vi hade ju haft ett fantastiskt och innehållsrikt liv, familjefokuserat med helgutflykter och välplanerade semestrar, släktkontakter och diverse fritidsaktiviteter för barnen. Och jag hade gett honom allt, organiserat vår vardag, fördelat ansvarsområden, sett till att alla visste vad som förväntades och fått tillvaron att smidigt löpa på.

Mina tankar kring den dämpade person som mött mig rörde sig om att han kanske insett vad vi haft och nu saknade det. Jag hade skämt bort honom med att vara den som visste, planerade och såg till att saker blev gjorda. Inga saker skulle skjutas upp, i alla fall inga motiga, möjligen roliga tills det var rensopat i planeringskalendern. I början av vårt liv tillsammans hade han väl haft en tendens att bara låta tillvaron löpa på tills något kaos infann sig och tvingade honom till att handla. Han var inte direkt slarvig men oföretagsam i vardagslivet, ungefär som att han vistades bland sina tankar istället för i den reella tillvaron. Det var lite charmigt i början, men ganska snart insåg jag att den charmen bleknade i dagsljus och jag kände mig föranlåten att axla ansvaret för organisation samtidigt som en försynt fostran skedde. Det hade kanske blivit ett hårt uppvaknande i det nya livet när han förstått vad han förlorat. Vem vet?

Jag hade också rannsakat mig själv till en del och funderat över vad han saknat hos mig och funnit någon annanstans, men inte kommit fram till vad det skulle kunna vara, möjligen skulle jag väl kunnat lyssna lite mer och förstå mig på hans tankar kring olika projekt rörande sitt arbete eller kanske hade jag haft huvudvärk lite för ofta? Nej, inget så stort att det kunde ha föranlett ett uppbrott!

En vag misstanke jag börjat nära, en mycket vag, var att jag kanske varit för vardagsperfekt. Hade det fått honom att känna sig otillräcklig och sedan vid första tillfälle av uppskattning ha fått honom på fall? Jag såg framför mig en ung, naiv och omogen kvinna som hade applåderat honom och bjudit ut sig. Ja, så var det nog.

Nu var barnen och han i alla fall i sommarparadiset hos farföräldrarna och det kändes bra att barnens tillvaro inte hade förändrats totalt.

- *Mina underbara älsklingar, känner ni att jag tänker på er? Några år till är ni mina, men sedan då? Hur ska jag någonsin kunna släppa er?*

Nu började kvällskylan komma smygande och jag kände det som dags att leta upp ett boende över natten. Det här var inte jag. Mitt jag skulle inte åka iväg på vinst och förlust och inte ens veta vart jag skulle. Den här nya varelsens kläder hängde lösa och skavde och kändes hopplösa att växa i, men jag behövde komma till klarhet över vem jag var och vem jag skulle kunna vara.

Morgonen därpå åkte jag vidare söderut, följde den gamla vägen fram till Jönköping, där jag svängde ut på E4an och fortsatte sedan i ett lite väl raskt tempo för att man skulle kunna njuta av landskapet runt omkring. Men vad då? Det fanns inte så mycket att se på här och det var nog bäst att försöka hålla den trafikrytm som rådde.

En del människor tycker om att köra, känner ett nöje i själva körandet, men jag hade nog sett det mer som en bisyssla för att komma dit jag ville, sett framförandet av bilen som ett medel och inte som ett mål i sig. Ja, så var det med all säkerhet och jag kom att tänka på min far som så ofta hade föreslagit utflykter med bilen i min barndom. Han hade definitivt varit en sådan människa, som fann körandet lika roligt som utforskandet av platserna, men vilket som, så kunde jag se tillbaka på många trevliga bilutflykter i barndomen.

Jag hade haft en bra barndom, trygg och välordnad med tydliga gränser. Mina föräldrar kunde väl karaktäriseras som skötsamma och ordentliga och med bestämda åsikter. De hade brytt sig om varandra och de hade brytt sig om mig. Ordning och omtanke var nog de ord som bäst beskrev andan i vårt hem och ovanför dörren hade moralens flagga vajat högt. Jag var tacksam över min barndom och vårdade flaggan väl.

Efter drygt två och en halv timme var jag framme i Helsingborg där jag tog färjan över till Helsingör. Mitt i allt vemod kände jag mig lite upprymd ändå, stolt över den företagsamhet som krävts för att befinna mig här nu själv i ett annat land. Bestämde mig för att stanna till en stund för att planera fortsättningen på dagen, få lite mat i mig, ta lite foton och skriva några rader till barnen.

Egentligen borde jag väl ha stannat kvar hemma, väntat med att ta ut ledighet till senare men tomheten efter barnen hade blivit för kännbar, så den här resan var väl lika mycket en flykt från det som ett försök att utmana mitt jag. De glada rader jag skickade iväg med fotot på Kronoborgs slott var en överdriven upputsad sanning.

Mår som en prinsessa! Hoppas ni också gör det och har kungligt roligt!

Nu hade klockan hunnit bli tre och jag fann för gott att fortsätta söderut för att någonstans i närheten av Köpenhamn hitta en kro eller något annat övernattningsställe. Så här tidigt på sommaren borde det inte vara så svårt.

Jag tittade i bilatlasen för att hitta en mindre väg än den stora leden mellan Helsingör och Köpenhamn. Nu ville jag kunna se mig omkring, uppleva lite av omgivningarna medan jag körde och jag upptäckte att det fanns många små samhällen utmed kusten och en väg emellan dem, en landsväg som fortsatte ända ner till Köpenhamn. Den skulle jag ta.

Nöjd med mitt val startade jag bilen, letade mig ut på den rätta vägen och hade väl kört en halvmil då bilen gnisslade till som om den sa: Nä, nu räcker det! Och så stannade den. Motorn bara lade av.

- Nej, jag har ju tankat! Varför gör du då så här?

Jag styrde åt sidan så gott jag kunde och sjönk sedan ihop totalt tankeförlamad. Att lyfta på huven och försöka se vad det kunde vara för fel hade väl min far gjort eller Erik, men vad då, jag visste att motorer idag inte var som förr, totalt meningslöst då att stå och stirra på något som ändå inte gick att göra något åt! I stället stirrade jag ut i tomma intet och väntade på någon snilleblixt. Jag väntade och väntade, men det kom ingen. Det enda som kom var en tatuerad ung man med längre hår än jag själv hade och som undrade om jag möjligtvis var på väg till Köpenhamn.

- Nu har jag gått på den här vägen i över en timme och inte en endaste biljävel har stannat!

Tydligen trodde han att jag hade stannat för att plocka upp honom. Herre Gud, så fel han hade!

- Jag var, svarade jag, men nu vill inte bilen längre, så du får nog fortsätta att promenera!

- Vilken jävla otur! Öppna motorhuven får jag se om det är något vi kan fixa för det här med bensin behöver jag väl inte fråga om?

- Nej, det behöver du inte!

Konstigt att det var det första män i alla åldrar kom att tänka på då kvinnor råkade ut för biltrots! Jag hade aldrig hört en man fråga en annan man om det.

Den här unge mannen hade i alla fall bara nämnt det i förbigående.

Jag öppnade huven och han sa nästan med detsamma:

- Det är fläktremmen som slaknat. Jag kan dra åt den så kan vi nog åka sedan.

Tydligen tog han bara för givet att han skulle få åka med och hur skulle jag kunna avvärja det? Nej, det kan man ju bara inte. Han hade ju faktiskt räddat mig ur en besvärlig situation och då gör man inte så, kanske inte annars heller kan en del tycka, men det är faktiskt att överdriva, obetänksamt!

Så, *så* fick det bli. Färden gick mot Köpenhamn med en pratsam yngling bredvid som vistats ganska mycket i Danmark och gärna delade med sig av sin kunskap, som dessvärre mest rörde sig om olika ölsorter och bra matställen i Köpenhamn. Han ville väl återgälda min snällhet med att låta honom få åka med, så han fick prata på och jag nickade och hummade och mumlade ibland något om att bra att veta och han såg nöjd ut.

Ganska snart passerade vi Humlebäck med skyltar till Lousiana, som jag borde besöka, men det fick väl bli på hemvägen. Nu var det i alla fall för sent på dagen.

Så plötsligt frågade han

- Vad ska du göra i Köpenhamn!

Det visste jag ju inte, men det kunde jag inte säga. Då skulle han väl föreslå att jag borde åka till Roskilde, som han sagt något om att han skulle besöka mitt i pratet om alla ölsorter.

- Jag tänkte shoppa lite och besöka ett par porslinsaffärer, drog jag till med och det var ju faktiskt ingen lögn, Det var alltid lite spännande att gå i affärer på främmande platser. Man kunde ju ha tur och göra något fynd.

- Bing och Gröndahl har en kopp jag kanske ska utöka sortimentet med, fortsatte jag och hoppades innerligt att det skulle få honom att förstå jag inte var någon ny kompis att åka med till någon musikfestival. Nej, här satt en ordentlig, vuxen person med helt andra intressen i livet än musik, nöjen och alkohol.

- Menar du Golden Sun? svarade han då och mitt fördomsfack fick en spark och en rejäl buckla.

- Ja, känner du till den? sa jag med ett försök att dölja min förvåning.

- Visst, snygg, men jävligt dyr!

- Det stämmer, men ska man bara ha en kopp får man stå ut med det.

Hur fasen kunde han vara kunnig på porslin? Fel ålder, fel kön och fel utseende. Man kan inte förstå sig på både motorer och porslin! Det gick inte ihop, inte som han såg ut, men han var väl undantaget som bekräftade regeln, i det här fallet min uppfattning, men fråga tänkte jag inte.

Jag fick förklaringen i alla fall. Hans mamma drev en secondhandbutik i Göteborg och han hade fått hjälpa till där en del med att bära och köra och inte kunnat undgå att lära sig ett och annat.

- Det måste vara roligt! tyckte jag.

- Tja, för all del. Det är väl ganska kul att kunna saker, vad det än är. Morsan brukar säga att kunskap är den lättaste packningen att bära med sig. Vet inte var hon läst det någonstans, men det är nog sant. Fast en del saker är ju roligare än andra.

- Kan tänka mig det. Motorer kanske?

- Nja, det är väl mest en grej som man behöver kunna lite om. Nä, i mitt fall är det nog tre andra *m*. Musik, mat och motion. Vad gillar du själv?

- Jaa du, matlagning är väl ett av mina intressen också och sedan att läsa och vara med barnen. Man hinner inte med så mycket annat då.

 Nu närmade vi oss Köpenhamn och jag frågade var han ville bli avsläppt.

- Någonstans vid Österport blir bra om du passerar det.

- Visst säg till när jag ska stanna bara så jag inte kör förbi.

- Här! hörde jag en stund senare och med lite tur lyckades jag komma intill en trottoarkant och han kunde kliva av.

- Tack ska du ha för skjutsen! Hade nästan gett upp hoppet då du kom. Jag har tänkt stanna ett tag här, men i fall det blir kortare än tänkt så kanske man kan få åka med dig tillbaka?

Han gav mig sitt telefonnummer och sedan fortsatte jag genom Köpenhamn och sedan söderut mot Bröndby strand för att övernatta någonstans och börja påföljande dag med att njuta av sand mellan tårna och ett svalt dopp i havet. Kände mig nästan lite glad. Underligt! Måste vara den där konstiga fysiken som säger att snällhet studsar tillbaka och förvandlas till mer välmående hos givaren än hos mottagaren.

En Bed-and-breakfast-skylt fick mig att svänga in på en mindre väg och vid ett äldre hus med trädgård stannade jag bilen för en välbehövlig vila.

Erik

Sommarlovet hade börjat och både Iris och jag hade varit överens om att vår separation så lite som möjligt skulle rubba barnens tillvaro. Vi hade alltid startat sommaren med att åka ut till mina föräldrar på deras sommarställe i skärgården och vara tillsammans där några dagar allihop innan Iris och jag brukat återvända till stan för några ytterligare arbetsveckor före semestern. Enda skillnaden i år blev att Iris inte kom med. Barnen hade nu börjat vänja sig vid att umgås med oss en i taget och de såg fram mot sin vistelse hos farmor och farfar. Mer än jag! Sedan jag talat om för mina föräldrar att Iris och jag beslutat att gå skilda vägar och de förstått att det var på mitt initiativ hade stämningen mellan oss blivit en aning svalare. Min mor Karin, som naturligtvis älskade mig, hade dock under hela Iris och mitt äktenskap visat en sida som för andra kunde verka som att hon älskade Iris mer. När Iris och jag inte hade samma uppfattning om saker och ting hade hon alltid tagit Iris parti. Hon hade ständigt lovordat henne och ännu mer nu. Hur kunde hennes son lämna en sådan skötsam och trofast kvinna? Den frågan hade blivit hängande i luften, visserligen outtalad, men den kändes och jag besvarade den inte. Inte ett ord om Anna, varken till henne eller till barnen. Det berodde inte på feghet. Nej, respekt för Anna! Hon hade tydligt förklarat att hon inte ville vara orsak till skilsmässan och då skulle hon heller inte ses som det av någon. I sinom tid när allt lugnat ner sig skulle jag kunna berätta att jag träffat någon, någon som jag tyckte mycket om och hur länge vi känt varandra skulle jag aldrig yppa.

Jag längtade tillbaka till stan och till Anna som jag först nyligen börjat träffa igen beroende på hennes envisa krav att jag i ensamhet måste bli helt klar över vad jag ville. Det hade jag vetat bra länge, men jag fann mig och gav all tid till barnen. Nu skulle vi vara tillsammans några dagar och inviga sommaren. Bada! Vem är sisten i? Med knottrig hud och hackande tänder skulle vi låtsas att vattnet var jätteskönt, leta efter försommarens sista liljekonvaljer och ge till farmor, övertala farfar att skogen nog behövde en koja till och vi skulle sitta med metspöna på bryggan och slåss mot sommarens alla glada nyfödda myggor! Ja, allt det skulle vi göra och sedan väntade stan för mig och för Alice och Vilgot hägrade en lång sommar med kusinerna som skulle komma och lek med grannars barn.

Några dagar efter vår ankomst visade Alice en bild på Kronoborgs slott i sin telefon och läste högt hälsningen från Iris. Alla gladdes, men mest jag, tror jag. Ingen vill väl orsaka någon annan människa smärta och att då höra att hon inte gick omkring hemma och var nedstämd kändes bra.

Alice fotograferade några blommor och skickade tillbaka hälsningar från oss alla.

Efter fem dagar återvände jag till stan och åkte direkt till Anna, lyckades hitta en parkeringsplats och tog trapporna med dubbelkliv och ringde på. En lång signal som signalerade Äntligen! Tyst, obehagligt tyst! En ny signal, ännu längre, men fortfarande lika tyst. Jag kände på dörren. Låst. Naturligtvis!

En liten, bara en liten ilning av skräck for igenom mig. Varför var hon inte hemma? Så besinnade jag mig. Varför skulle hon vara det? Det var en vanlig vardag och hon visste ju inte ens att jag skulle komma idag. Beslutet hade tagits i all hast i morse då jag fått veta att grannfamiljen bjudit in till sin sedvanliga sommarinvigningsfest och att samtliga var välkomna! Ett bra tillfälle att lämna familjen hade jag tyckt och hastigt packat ner mina saker och gett mig iväg. Hade inte ens meddelat Anna på telefonen innan jag startade bilen. Nu plockade jag fram den för att nå henne och såg då ett sms från i morse *Blir borta ett par dagar. Viktor insisterar på att jag måste åka till Göteborg för att personligen framföra våra idéer kring*

*vårt senaste projekt. Längtar sommaren!
Kram!*

Puh! Lättnad och ledsnad översköljde mig. Dessutom klandrade jag mig själv för att inte ha haft bättre koll. Lite synd att missa en dag till med barnen, men å andra sidan uppvägdes det av att slippa le och kallprata på grannarnas sommarinvigningskalas. Varje sommar likadant, med låtsat intresse skulle vädret, semesterplanerna, barnens förehavanden och lite krämpor diskuteras och kryddas med en del skvaller. De var ju snälla, rara människor, men jag var i alla fall inte särskilt intresserad av att ta del av alla dessa alldagligheter. *Skäms Erik!*

Istället för att åka hem, ja till mitt tillfälliga boende, bestämde jag mig för att först åka till föräldrarnas för att ta hand om nytillkommen post och eventuell vattning, Min syster Eva som numera bodde i Nyköping hade tidigare skött det hela, men efter sin flytt från Stockholm anförtrott mig uppgiften, som jag inte hade något emot att utföra. Den tog inte mycket tid i anspråk och det kändes bra att kunna vara behjälplig med något.

Jag styrde bilen mot Gärdet med ett stopp vid Fältöversten för att inhandla lite mat och fortsatte sedan mot Sandhamnsgatan.

Innanför dörren låg en lokaltidning och några brev. Jaha, Postkodlotteriet som antagligen ville få en att spendera mer pengar på spel. Hur mycket la de egentligen ut på sin reklam? Så ett brev från Stadsmissionen som tackade för något bidrag och frågade om man inte kunde tänka sig ytterligare ett bidrag. Så ett från Skandia, en räkning förstås och så ytterligare ett, utan logga och avsändare. Ett nytt sätt att få folk att öppna kuverten? Lite nyfiken på vilket företag det var som låg bakom idén med okänd avsändare öppnade jag brevet och läste.

Lars, käraste vän!

Jag vet att vi inte skulle höra av varandra. Det har varit svårt, men nödvändigt som du sa. Det var svårast i början. Sedan vänjer

*man sig. Att jag hör av mig nu beror på att
min tid snart är ute och det finns en sak du
måste få veta. Ring mig när du kan!*

Rosmarie

Förfärad läste jag brevet en gång till som om
innehållet skulle ha förändrats. Vad hade jag
gjort? Öppnat ett privat brev till min far! Hur
kunde jag vara så obetänksam? Man öppnar
inte andras brev! Det är ju en självklarhet!
Hur kunde jag ha varit så fast i min
föreställning om nya reklamgrepp att
tankeförmågan helt försvann? Och hur skulle
jag förklara det här? Jag var så upprörd över
mitt beteende och oroad över hur jag skulle
framföra vad jag gjort, så innehållet i brevet
bleknade, men när jag lugnat ner mig och
insett att jag måste kontakta min far och
förklara misstaget och att han nog skulle
förstå, då började jag undra. Hade min far
haft en affär med en annan kvinna? När då?
En allvarlig sådan tycktes det som. Kunde det
ha varit någon från tiden före äktenskapet?
Ja, så var det nog. Hans far, tryggheten

personifierad vars enda last hade varit arbetet, han kunde inte ha haft en affär. Han hetsade aldrig upp sig. Lugnt och stilla framförde han det han ville få sagt medan modern, ganska högljutt ibland, utgöt sina tyckanden, men det tycktes aldrig bekomma honom. Fick han bara vara ifred då och då och syssla med sitt, matematiska formler som ingen förstod, så var han nöjd. Inte kunde väl han ha varit otrogen? Att över huvud taget se sin far som något annat än en far var svårt. Hade jag någon gång funderat över mina föräldrar hur de var utanför sina familjeroller, sett dem som människor? Nej, det hade jag nog inte. Deras liv var att vara föräldrar och sedan mor- och farföräldrar.

Jag måste ringa honom och försöka förklara fadäsen och läsa upp brevet, men nu hade de väl precis anlänt till festen. Jag var nog tvungen att vänta någon timme eller så.

Jag gick runt i lägenheten och försökte framkalla bilder på min far, se om där funnits något avvikande, men jag fann inget och blev övertygad om att denna Rosmarie måste vara en kvinna från en avlägsen tid. Efter några timmar tog jag mod till mig och ringde.

- Hej! Det är Erik.

- Ja, jag ser det. Vill du ha ett referat från sommarfesten eller är det något annat? Barnen mår bra och har roligt.

- Skönt! Ja, det är något annat. Jag råkade göra en dumhet. Är hemma hos er nu. Något som inte var meningen.

- Om du inte har vält kinesiska urnan eller spillt kaffe i pianot, så kan det nog inte vara så farligt!

- Nej, det här är värre! Jag råkade öppna ett brev till dig. Trodde det var reklam av något slag och blev nyfiken, men det var inte reklam. Det var ett personligt brev till dig från någon som heter Rosmarie.

Det blev tyst, väldigt tyst, så tyst att det kändes som vintern kommit. Så hörde jag

- Jag kommer! Stanna kvar!

Två timmar senare kom han och sa att officiellt hade jag fått bilbekymmer och behövde hans hjälp. Han skulle återvända i morgon.

- Okej, sa jag och räckte honom brevet.

Förlåt att jag öppnade det. Det var inte meningen. Jag var bara så jävla insnöad på att allt var reklam.

Han läste det intensivt, slöt ögonen, läste en gång till och svalde. Han behövde inte säga något. Jag hade redan förstått. Det var inte en bekantskap från tiden före vår familj. Rosmarie var någon som fortfarande berörde honom.

- Du behöver inte berätta, sa jag.

- Nej, men jag bör nog det, men inte just nu. Nu räcker det med att säga att för cirka femton år sedan så snubblade jag över henne i matsalen och då menar jag det bokstavligt. Det var fruktansvärt pinsamt, helt och hållet mitt fel. Brickan hon bar på åkte i golvet och jag gjorde så gott jag kunde med att plocka skärvor och torka upp vatten. Men hon förlät mig och så började vår vänskap.

Fast nu känner jag att jag vill vara ensam när jag ska försöka nå henne. Jag ringer dig i morgon innan jag åker ut till landet igen, så får vi prata mer då.

Jag åkte till mig och hade min far i tankarna hela kvällen. Vem var han egentligen förutom familjefadern och matematikern? Det lilla han sagt, det om sin klumpighet hade jag kunnat ta in. Den sidan hade jag sett hos honom också. Kroppen som levde ett liv utan alla sinnen påkopplade och som ställde till oreda ibland och det här lugnet hos honom tänk om det i själva verket bara var en omedvetenhet i nuet!

Jag tänkte inte säga något, inte till någon förutom till Anna som jag vid vårt telefonsamtal delgav mitt förfärliga tilltag med öppnandet av brevet, men bara det.

- Meningen var ju inte att snoka och då behöver du väl inte skuldbelägga dig själv, sa hon, men däremot kan du gott bli arg på dig själv för vad du gjorde. Det är faktiskt inte likt dig, men det kanske kan bli en nyttig läxa som får din förståelse för andras dumheter att bli större! Alla kan vara obetänksamma någon gång. Om nu din far förlåter dig, så borde du väl förlåta dig själv också!

- Kloka du! Kom tillbaka snart! Jag vill ha dig här! Jag behöver dig!

- Jag kommer i morgon eller i övermorgon. Det är fortfarande kvar en del saker som ska gås igenom, men då senast åker jag hem. Tänk inte mer på det där misstaget nu! Tänk på sommaren istället!

Jag sa ingenting om innehållet. Det kunde bero ett litet tag till. Det berodde väl lite på vad jag skulle få höra sedan.

Morgonen därpå ringde min far vid åtta och sa att han skulle bli upptagen ett tag på förmiddagen, men sedan ville han gärna att vi skulle ses innan han åkte ut till landet igen.

- Har du möjlighet att komma hit då? Jag tror att det blir bäst så.

- Självklart!

Jag anlände vid tolvtiden och med varsin kopp kaffe satte vi oss vid köksbordet och han sa att han bestämt att åka ut igen kring klockan två, men att det kändes viktigt för honom att prata med mig innan dess.

- Jag besökte Rosmarie tidigare idag. Hon var hemma, men med hjälp från ASIH.

Så fortsatte han:

- Rosmarie och jag blev nära vänner efter den där hemska olycksaliga sammanstötningen. Hon var fysiker och vi hade mycket gemensamt att samtala kring. Hon var alltid rar och vänlig och med ett skarpt intellekt. Jag har alltid trivts på mitt arbete, men nu kom det att bli så ännu mer. Det var med iver och glädje jag for till min arbetsplats. Efter ett tag började vi ses även på fritiden och jag blev mer och mer beroende av att diskutera allt med henne. Det började som vänskap, men så småningom övergick det till en djupare relation. Jag har inget att ursäkta mig med. Jag var inte olycklig, jag var inte påverkad av alkohol eller något sådant. Jag bara behövde henne också. Du och Eva var utflugna vid den här tiden sedan länge. Karin och jag hade det bra. Ingenting jag behövde fly ifrån. Jag förstod det inte själv, men jag älskade både din mamma och Rosmarie. Vårt förhållande varade några år, men sedan inträffade det där med Karins sjukdom och det avgjorde det hela.

Jag mindes att min mor omkring tio år tidigare hade fått livmodercancer och genomgått en operation och en cellgiftsbehandling och att det varit en tid av oro, men sedan hade allt gått bra.

- Menar du hennes cancer?

- Ja, jag kände då att jag inte kunde fortsätta leva som tidigare. Det enda rätta var att finnas vid Karins sida dag som natt, i nöd och lust, som man brukar uttrycka det. Så jag förklarade för Rosmarie och hon förstod. Vi grät och tog farväl och bestämde att vi inte skulle höra av varandra mer. Det skulle bli för svårt. Och så blev det också. Rosmarie var vid det här laget inte längre kvar på universitetet, Hon hade redan året dessförinnan börjat en anställning på ett statligt verk, så efter den dagen sågs vi aldrig mer eller hörde av varandra på något annat sätt.

- Så sorgligt! sa jag. Har du inte undrat över hennes liv?

- Jo, många gånger, men tiden dämpar intensiteten och er mamma och jag har haft ett innerligt och bra förhållande, så jag har inte ångrat mitt beslut.

Jag kunde inte undvika att dra paralleller mellan hans liv och mitt. Jag kunde förstå hans passion och den främmande kvinnans magi, förstå den vånda han ställts inför innan han fattade sitt beslut. Vad jag inte kunde förstå var att det var min far det gällde, min far som bara var far och lite matematiker emellanåt, men ingenting mer, inte en människa med begär och lustar.

- Men hur var det att träffa henne nu då?

- Ja, det vet jag knappt hur jag ska säga. Omstörtande! Så sorgligt att se denna sprudlande vackra kvinna ligga till sängs skuggad av sin sjukdom, men i allt det, ha en gnista av liv kvar i sina ögon och ett sista förtroende som måste fram.

- Vad ville hon säga då? Att du betytt mycket för henne?

- Nej, det vet jag, har alltid vetat. Nej, det här var något mycket mer allvarligt. Jag vet faktiskt inte hur jag ska handskas med det. Du kommer att få veta, men inte just nu. Jag måste bearbeta det själv först och ta ställning till vissa saker innan jag pratar om det och tills dess är jag tacksam om du bevarar vad du fått veta för dig själv.

- Självklart! Det är inte min sak att säga något och att du delgett mig det här känns som ett förtroende, ett förtroende två vuxna människor emellan.

Han mumlade ett tack och sa att det nog var dags att åka ut till landet igen och tillade att han skulle komma tillbaka någon gång i veckan därpå och att det vore bra om jag kunde vara tillgänglig då.

Att min far delat med sig något av sitt mest privata i sitt liv kändes som ett erkännande av mig som medmänniska, att jag inte bara var en son. Det kändes som en handling som markerade hans uppfattning av mig som mogen och pålitlig. Naturligtvis undrade jag över vad det kunde vara som han var tvungen att först själv ta in. Något allvarligt hade han nämnt. Men det fick bero. Han fick ta det i sin takt.

Jag blev kvar i lägenheten. Ringde Anna och fick veta att hon inte skulle komma förrän påföljande dag. Kände då mer för att tillbringa natten där i föräldrarnas lägenhet än i mitt eget provisoriska hem.

Jag satte mig i hans arbetsrum och försökte förstå. Det borde jag ju kunna. Vi hade båda försatt oss i en omöjlig situation. Hans lösning hade varit att avstå från sin passion, att välja hustrun i stället. Så hade ju även jag gjort till en början, men sedan handlat tvärtom. Var hans val mer hedervärt? Nej, man kunde väl inte jämföra så. Hans äktenskap hade varit bra, men det hade inte mitt, inte helt. Där hade funnits en tomhet, ett rop efter närhet, hänförelse. Alltså var min relation mindre klandervärd. Eller var allt efterkonstruktioner? Både min förklaring och hans. Vi människor har väl ett behov av att urskulda oss, finna anledningar till allt som kan ses som moraliskt tvivelaktigt. Man klarar inte att se sig själv i ögonen annars.

Men han hade ju faktiskt inte försökt att urskulda sig. Min far var nog en bättre människa än jag.

Ett lugn kom över mig och en sorts nöjdhet. Det kändes bra att ha fått min fars förtroende. I morgon skulle jag träffa Anna och någon gång i framtiden skulle hon få träffa min far och jag visste att han skulle omfamna henne och hon skulle med all säkerhet tycka om honom. Han var ju delvis jag, i en lite bättre tappning eller rättare sagt, han var den person jag ville vara, lugn, saklig, vetgirig och fylld av kunskap och klokhet.

Jag sov gott hela natten och satt vid frukostbordet klockan åtta då telefonen ringde. Det var min mor som skrek:

- Erik! Erik! Något förfärligt har hänt! Din far vaknar inte! Jag vet inte om han lever, skynda dig hit!

- Men snälla mamma, du måste ringa en ambulans då, ring nu meddetsamma och sedan ringer du upp mig igen.

Efter tio otroligt långa minuter ringde hon igen och sa att en ambulans var på väg och jag förklarade att hon skulle åka med och att jag kunde möta upp på sjukhuset. Hon sa att barnen fortfarande sov och hur gjorde vi med dem? Jag föreslog att jag kunde ringa Lisa, grannen och be henne komma över och finnas till hands och så skulle jag ringa Vilgot och förklara att farfar blivit sjuk och att farmor måste följa med till sjukhuset och att jag skulle komma ut senare på dagen. Det var som någon utanför mig själv hade tagit kommandot och bara rabblade en massa order och med det försökte blockera oron.

- Ja, så gör vi. Jag hinner sätta fram lite till barnen kanske.

- Tänk inte på det! De kan själva ta något att äta, annars ordnar säkert Lisa med något till dem. Var inne hos pappa istället!

Jag ringde Lisa som skulle skynda sig över med en gång och i hennes röst kunde jag höra en äkta vilja att hjälp till. Så ringde jag Vilgot som ännu inte satt på sin telefon. Fick väl göra nya försök varannan minut.

Jag höll mig sysselsatt så mycket jag kunde som om jag visste att i den stund jag bara sätter mig ner så går jag sönder.

Efter en kvart ringde min mor igen.

- Nu kommer de! Jag låter telefonen vara på så kan du kanske höra vad de säger.

- Ja, gör så!

Det var inte lätt att uppfatta vad någon sa, men jag förstod att min far fortfarande var medvetslös. Så hörde jag min mor säga:

- Vi åker till Danderyd!

- Kommer! Vi ses snart!

Jag gav mig genast iväg och sökte mig till receptionen för att säga att jag väntade på att min far skulle komma med ambulans och frågade om jag kunde vänta där, vilket gick bra. Efter ett tag kom ambulansen och båren med min far rullades snabbt in i ett rum medan min mor och jag fick vänta utanför. Hon var knappt talbar. Tårarna rann och hon kramade mig hårt och snyftade fram:

- Erik, jag tror inte att pappa lever! Han var så stilla, så långt borta! Han får inte dö! Han får inte det!

- Man är stilla när man är medvetslös. Vi får nog snart gå in till honom ska du se.

Vi satte oss på ett par stolar och jag höll hennes skakande händer i mina och försökte hålla mig lugn. Så kom läkaren ut och bad oss följa med in på sitt rum. Jag var förberedd, men ändå inte.

- Jag är så ledsen, men det finns inget vi kan göra. Han avled någon gång i samband med att ni anlände. Vi försökte starta hjärtverksamheten, men det var förgäves. Vi misstänker en massiv stroke och kommer att undersöka om det var så.

- Nej, nej, nej! hörde jag min mor skrika mellan snyftningarna. Han hade så mycket framför sig. Man får inte dö då!

- Nej, det kan man tycka, svarade läkaren, och det är också därför vi gör allt i vår makt för att rädda liv, men ibland går det inte. Vi rår inte över allt, hur gärna vi än vill och försöker. Han gick bort lugnt utan smärtor och ovetande om vad som skedde. Det kan vara en tröst att veta att han inte led.

- Ja, så måste det ha varit, hulkade min mor. annars skulle jag ha märkt något, men det gjorde jag inte. Inte förrän jag vaknade och började prata med honom och inte fick några svar. Får vi gå in till honom?

- Javisst! Ska bara varsko om att ni gör det.

Efter att min mor talat ytterligare en stund med läkaren om hur kvällen förlöpt och hur hon uppfattat allt som vanligt så gick vi in till honom och nu kom även mina tårar. Den behagliga känsla av närhet till min far som genomsyrat mig under gårdagen hade hastigt förbytts till sorg som på ett sätt blev värre av det. Han hade varit min förebild som jag ville duga för och den bekräftelsen hade jag fått igår. Gud, vad jag skulle sakna honom!

Jag grät och strök honom på kinden och mumlade ett tack för allt, kramade min mor och sa att jag skulle vänta utanför dörren så hon fick en egen stund. Så gick jag ut och sjönk ner på en stol.

Jag var utmattad. Jag var ett litet barn som längtade efter tröst, längtade efter att någon skulle ta mig i sin famn och säga att det går över. Allt kommer att bli bra!

Min mor kanske kände likadant. Inför sorgen är vi alla barn.

När vi kom ut från sjukhuset sken solen fortfarande och trafiken rann på motorvägen och människor kom och gick precis som de brukade. Världen borde ju stå still! Fattade den ingenting? När vi passerade en handelsträdgård stannade jag och sa, att jag ville köpa ett äppelträd och plantera på tomten, ett minnesträd över pappa, en passande symbol för den han var.

Mamma nickade och sa att det var en klok tanke:

- Vi kan plantera det på midsommarafton då alla är samlade.

Så kom vi ut till landet igen, kramade barnen och satte oss med dem och berättade så skonsamt som möjligt om farfars bortgång och tog oss tid att minnas tillsammans alla somriga stunder och att vi fick vara glada åt att ha haft en sådan fin farfar. Barnen blev ledsna, men på något sätt tycktes de förstå att döden är en del av livet.

Min mor letade reda på en midsommarduk och bad barnen att gå över till Lisa med den och tacka för hjälpen. Hon skulle ringa Eva och ville vara ensam då, sa hon. Jag förstod och sa att jag skulle titta till båten och sedan kunde vi sätta oss och formulera dödsannonsen.

- Ja, så gör vi!

Jag gick ner och satte mig i båten. Längtade efter Anna och ringde henne. Hon var nyss hemkommen från Göteborg och hennes glädje över att äntligen ses igen studsade som små pärlor genom telefonen.

- Anna, älskade du, jag kan inte komma!

Så fick hon hela berättelsen och hela min sorg och ensamhet. Hennes röst fick bli den tröstande famn jag önskat. Hon påminde mig om att min sista stund med min far hade ju varit en stund av förtrolighet och det är inte alla förunnat. Sorgen kunde haft sällskap av ånger, ånger över bittra ord eller handlingar och ibland ogjorda handlingar. Det är mycket värre. En sådan sorg inkräktar, förstör minnena, men vad jag förstår av vad du har berättat, så är dina minnen ljusa och kommer en dag att kunna värma dig.

- Anna, tack för att du finns! Du förstår väl att jag måste finnas här ett tag nu både för barnens skull och för min mor?

Hon förstod. Hon till och med uppmanade mig att ta väl hand om dem. Det sista hon sa var att hon skulle skjuta på semestern så fick sommaren komma så småningom.

Jag återvände till huset och fick veta att Eva med familj skulle komma dagen därpå, vilket redan var planerat och att min mor även ringt till Iris för att berätta. Iris var fortfarande i Danmark, men skulle skynda sig därifrån och skulle kunna vara här på midsommarafton. Barnen kom tillbaka och vi tog itu med första delen av annonsen och lät dem få vara delaktiga genom att få välja mellan en fågel eller ett kors. De valde en fågel med förklaringen att farfar kanske blev en liten fågel nu som kunde finnas hos oss.

Iris

Jag fick sand mellan tårna och jag doppade mig i havet, men bara en gång. Det räckte. Jag gjorde små utflykter och tittade på havet istället. Jag njöt av smörrebröd och wienerbröd och försökte förgäves få ordning på de danska räkneorden. Tyckte det var trevligt att man i Danmark bevarat så mycket gammalt, men inte när det gällde att räkna. För säkerhets skull räckte jag alltid fram en stor sedel och fick en allt tjockare plånbok.

Jag tittade på gamla korsvirkeshus och fotograferade blommande idyll och tyckte att jag kommit in i en lugn och trevlig rytm och tänkte att det kanske var dags för shoppingrundan inne i Köpenhamn då Karin ringde och berättade om dödsfallet. Min första tanke var barnen. Hur tog de det hela? Karin lugnade mig med att de suttit länge med dem och pratat och att de naturligtvis var ledsna men inte upprivna, men det vore säkert bra om jag hade möjlighet att komma ut till dem.

- Vi blir här alla som vanligt i midsommar. Vi tar det mycket lugnt i år, men det känns bra om vi alla är samlade. Du är så välkommen hit! Det vet du att du alltid är och jag tror att det skulle vara bra för alla.

Självklart ville jag vara hos barnen vid en sådan här händelse, så jag packade skyndsamt ihop mina saker, betalade och gav mig iväg tillbaka.

Det blev inget Köpenhamn. Porslinet fick vänta liksom presenterna till Alice och Vilgot och det blev inget Lousianabesök, men det gjorde inget. Jag hade aldrig riktigt förstått storheten hos vissa konstnärer och att jag nu tänkt mig ett besök var nog lite mer av kulturtryck än för nöjes skull och kanske lite för Eriks skull, för att kunna säga att jag minsann hade sett årets samlingsutställning där.

Skulle jag vara riktigt ärlig så hade jag längtat hem en aning hela tiden. Även om jag tyckte att jag upplevt en del trevligheter och utmanat nya sidor i mitt liv som känts som godkänt på prov, så hade entusiasmen saknats och vilsenheten hade funnits där i bakgrunden och den hade varit större än nyfikenheten.

Nu skulle jag hem i alla fall och den här gången tog jag bron, som var den snabbaste vägen.

På midsommaraftons morgon gav jag mig iväg ut till barnen som störtade mot mig då jag anlände och först nu tog jag in ordentligt vad som hänt.

Eva med make och barn hade kommit dagen före och kusinerna hade mumlat ett litet generat hej till varandra och inte riktigt vetat som förväntades av dem, vad man kunde göra och inte, berättade Eva, men Karin hade föreslagit att de kunde väl gå bort till strandängen och titta efter om några smultron mognat som de kunde lägga på tårtan och det hade fått dem att känna sig behövda mitt i all sorg.

Välsignade Karin! Jag kramade henne länge. Jag hade alltid känt en stor samhörighet med henne, som om jag fått en extramamma då jag kom in i familjen. Det var så ledsamt att just Karin skulle drabbas av denna plötsliga sorg! Eriks pappa hade jag väl inte haft så stor kontakt med. Han hade alltid varit lite sluten och hållit på med sitt, så tårarna nu i mina ögon var Karins.

Så hade Erik kommit upp från sjöboden och det fysiska avstånd vi hållit till varandra sedan separationen bröts nu. En stund som denna förändrar världen.

Han såg samlad ut och sa att han och Evas man, Markus skulle ta med barnen bort till björkdungen för att ta ris till midsommarstången för det var han helt säker på att fadern velat.

- Så får ni vara lite för er själva en stund! tillade han.

Vi gick in i köket och förberedde mat. När de andra kom tillbaka och började klä majstången med björkris föreslog Karin att vi kunde plocka lite av bondrosorna som snart skulle vissna i alla fall och binda rosenkransar till stången, så jag sällade mig till barnen och vi knöt de två vackraste kransar vi någonsin haft.

- Åh, så fina! sa Alice. De ser ut som bokmärken. Det tycker nog farfar också!

Vi dansade aldrig kring majstången. Där satte allvaret en gräns för firande, men vi satt utomhus intill stången och åt en enkel sommarmåltid med minnen istället för sång och sedan sa Karin åt oss alla att komma med till en grop som Erik grävt en bit utanför köksfönstret. Där satte hon och Erik ner ett träd och bad oss sedan alla att hälla en skopa jord runt rötterna. Det blev en högtidlig stund och i stillheten hördes humlornas surr som en sommarpsalm.

En rödhake som satt i buskaget strax intill fick Alice att säga:

- Nu har du ett fint träd att bo i

Erik

Midsommar utan min far, något jag aldrig tänkt förut, men på sätt och vis var det ju inte så. Han hade blivit dagens huvudperson, han som aldrig tagit särskild stor plats tidigare, han som bara funnits där och gett andra utrymme hade idag varit med oss hela dagen i allas tankar.

När kvällen kom sa jag att Iris kunde ta min sovplats på vinden hos barnen och jag kunde ta utrymmet i sjöboden. Det var bra att min mor bett Iris att komma. Jag hade ju sett hur glada barnen blev över att ha henne här. Det hade känts mer avspänt nu att umgås med henne än det gjort tidigare och en dag skulle kanske mina skuldkänslor och hennes sårade känslor ha mattats av.

När solen gått ner och det ljusa mörker som omger midsommartid gjorde sig påmint drog jag mig ner till sjöboden. Det första jag gjorde var att ringa till Anna. Man ringer inte någon vid den tiden, men Anna var inte någon och jag kände att jag redan fanns hos henne.

- Ja!

- Vad gör du?

- Jag sitter vid havet och har just smekt en våg som är på väg till dig. Jag tror att vindriktningen är den rätta. Den är nog framme lagom till ditt morgondopp!

- Då vet jag. Får trotsa de kalla krampframkallande vågorna då och vänta på din våg.

Sedan berättade hon att Viktor bjudit alla på byrån som ville, att tillbringa midsommaren på sitt lantställe en bit utanför Waxholm.

- Är ni många?

- Nej, många vet jag inte Det är Viktor och hans fru och några vänner till dem och så är vi tre från firman. Som tur är har ingen förkärlek för snapsvisor eller allsång utan det räckte med att vi lyssnade på en av vännerna som spelade vemodiga visor på gitarr. Det passar på midsommar tycker jag. Det finns ett vemod över den helgen. Det har jag alltid tyckt, så det var fint med de här visorna. Det var vackert. Men nu har jag fått nog av social samvaro så jag tog en tur ner till havet för mig själv.

Har talat om för Viktor att jag gärna skjuter på semestern ett tag och det gick bra. Hur har det gått för er?

Jag berättade om kvällen före och om Alice kommentar kring dödsannonsen och jag berättade om dagen och nämnde att en rödhake väntat bredvid bland buskarna under trädplanteringen och tillade:

- Det är en sådan klok liten fågel som vet att grävande kan innebära mat för honom.

- Tror du det? Tänk om det är Alice som är den klokaste!

- Hm, god natt med dig!

- God natt!

Midsommardagen ägnades till en del åt planering för den närmsta tiden framåt. Om Iris kunde tänka sig att stanna några dagar och ta hand om barnen skulle Eva, mamma och jag kunna åka in till stan tillsammans och diskutera hur vi ville ha begravningen och beställa tid hos någon begravningsbyrå och sedan lämna in dödsannonsen.

Jo, hon stannade gärna och tog hand om både våra barn och kusinerna eftersom Markus var tvungen att återvända för att arbeta.

Vilgot och Alice hade stolt visat den koja som vi tidigare byggt och föreslagit att de kunde väl bygga fler, så Markus tog sig an att vara behjälplig fram till eftermiddagen, då det var dags för avfärd för honom.

Dagen förflöt som ett inträde till vardagen och på måndagen gav vi oss iväg till stan för att ta itu med allt praktiskt som väntade. Iris blev själv kvar med barnen, alla fyra och hon såg snarare glad ut än besvärad. När hon stod där och vinkade adjö till oss såg jag plötsligt min mor framför mig.

Så förlöpte dagarna fram till begravningen med en hel del bestyr i lägenheten och ett farande fram och tillbaka, hastiga besök hos Anna och en strävan att finnas till för alla. Lika bra det, sysselsättning är bästa stängslet för att hindra sorgens vindar att fälla en.

Eva hade gett sig iväg hem efter en vecka för att komma tillbaka sedan och barnen var kvar liksom Iris. Jag hade lättare att se Iris goda sidor nu, se med vilken omtanke hon tog sig an både barnen och mamma, hur hon höll kaoset borta genom att ta kommandot utan att min mor märkte det. Nu efter vårt uppbrott, då jag slitit bort den tvångströja jag tidigare känt att hon satt på mig, så kunde jag se hennes välvilja och glädjas åt att mina barn hade henne som mamma.

Så kom då begravningsdagen och alla känslor revs upp på nytt och strömmade ut. Hur vackert det än är i kyrkan med alla blommor så är det inte det man upplever då man kommer in i kyrkan. Nej, ensamheten, litenheten inför livet är det som dominerar.

Det var andaktsfullt och högtidligt och efteråt sa alla att prästen hade hållit ett så vackert tal över min far. Det hade han kanske, men mina tankar hade vandrat iväg för ofta för att jag skulle kunna bedöma det. De hade landat i ekan där vi suttit i min barndom, min far och jag med hopp om att något skulle nappa och de hade vandrat till hans arbetsrum med all kunskap på hyllorna som han alltid lyckades få mig att bli nyfiken på och sedan så satt vi där, vi två tillsammans, han med glädje och iver i rösten och jag trygg i den intellektuella famn han erbjöd.

Anna

På midsommardagen åkte jag hem ganska tidigt och satte mig med de foton jag tagit, kände in och beskar. Några stormvridna tallar kunde alltid komma till användning någon gång liksom utfällda fjärilsvingar och blomstertrånad. För övrigt fanns en del vackra naturbilder att spara, skymningsbilder som förmedlade lite melankoli, men för att fånga Strindbergsdramatik hade det varit för vackert väder.

Jag tyckte om att fotografera, hade börjat göra det mer och mer. I början hade det väl mest varit ur något nyttoperspektiv, för att fånga idéer till arbetet, men nu levde fotograferingen sitt eget liv där objektivet fångade linjer och former kanske mer än motiv och motivet mer bara sågs som ett medel att skapa något annat. De bilder jag blivit mest nöjd med satte jag in i tillfälliga ramar för att hänga på väggen och mogna. Om de fortfarande efter en månad frambringade samma känslor hamnade de i en särskild mapp, en livmoder för de verk som en dag skulle födas.

De närmsta veckorna var jag fullt upptagen av mitt vanliga arbete på dagarna och på kvällarna försjunken i mitt fotoarkiv. Kontakten med Erik inskränkte sig till några korta besök och i övrigt godnattsamtal och den närhet vi hade mentalt kändes viktigare än den fysiska. Jag var trygg i förvissningen om att han snart skulle finnas här hos mig.

Dagen efter begravningen kom han på kvällen och stannade över. Mitt anpassade lugn rämnade. Nu kände jag hur mycket min hud hade saknat hans händer och hur kroppens träda fick marken att explodera av grönska. Vi var åter igen vårt singulära *vi* helt och fullt.

Så berättade han något märkligt. När alla lämnat kyrkan vid begravningen hade han dröjt sig kvar för ett sista avsked i ensamhet och bland alla blomsteruppsättningar hade det legat en ensam ros på golvet, utan band, utan kort och på något sätt hade han påmints om Rosmarie.

- Det var inte så att jag trodde rosen var från henne, Jag förstod att rosen fallit ner från kistan, men den fick mig att tänka på henne, sa han.

- Vem är Rosmarie?

- Ja, förlåt! Du vet inte allt om brevet jag öppnade.

Så berättade han om faderns och hennes relation och att hon skrivit det där brevet var för att hon hade haft något viktigt att säga, något fadern hann få veta, men inte hann berätta.

- Han ville berätta, men inte just då. Han sa att han själv först måste bearbeta vad han fått veta och när han dog så koncentrerades allt till hans bortgång, så jag har inte tänkt på henne förrän då, där i kyrkan.

- Du kanske skulle kontakta henne och berätta om hans bortgång.

- Ja, fast jag har ju varken efternamn eller adress, men jag vet att hon arbetade på universitetet under några år och man kan kanske via det få fram hela hennes namn och kanske någon adress.

Två dagar senare ringde han och sa att en dödsannons på någon Rosmarie fanns i dagens tidning. Hon var visserligen inte riktigt i hans fars ålder utan nästan femton år yngre, men namnet är ju inte så vanligt.

- Tror du det kan vara hon?

- Ja, det känns så. Ska kolla med universitetet om det kan stämma. I så fall går jag dit till begravningen, men bara till akten i kyrkan. Tänker hålla mig i skymundan. Vill veta vem hon var. Kanske prästen säger något. Se vilka som sörjer henne. Vad var det för något hon kände att hon måste berätta?

- Om du vill följer jag med. Två par ögon och öron uppfattar mer än ett par.

Ja, vad kunde det vara som varit så viktigt att hon bröt tystnaden? Hon kanske var ensam och ville att Eriks far skulle närvara vid sin bortgång, hålla hennes hand vid livets slut, en sista kärleksakt. Hon kanske bar något smycke hon fått av honom och nu ville återbörda till honom eller hade de haft någon särskild plats som varit deras kanske, där hon ville få sin aska strödd. Det gick inte att anta något. Vi var tvungna att få veta mer om henne.

Några veckor senare hölls begravningen i Sofia kyrka på Södermalm. Vi gick dit och höll oss på avstånd tills akten skulle börja, först då gick vi in i kyrkan. Längst fram satt en kvinna med man och barn och bakom dem ett äldre par och på andra sidan mittgången ett tiotal människor, som kunde vara vänner och arbetskamrater. Vi satte oss bakom dem. Det kändes ödsligt, så lite liv och så mycket tomrum! Orgelns toner från *Dagen gryr* strömmade ut och studsade mot stenväggarna, trängde sig in i kroppen och fyllde mig med sorgsenhet som rann genom mina ögon. Hela mitt jag önskade verkligen att det skulle gry en ny dag för denna okända kvinna som jag inte kunnat sluta tänka på sedan Erik berättat om henne. Hon var ju jag, fången i sin kärlek till en speciell människa. Hade hon haft samma törst efter närhet som jag hade haft, funnit den och sedan berövats den? Så ensam hon måste ha varit efter att de brutit!

Vi gick efter de andra, lade våra rosor på kistan och passerade kvinnan och hennes familj med några deltagande ord för att sedan obemärkt ta oss därifrån. Men vid utgången kom kvinnan ikapp oss, vände sig mot Erik och sa:

- Så lik din far du är! Jag vet att han nyligen gick bort. Jag beklagar! Det måste vara en stor förlust för er. Ta mitt telefonnummer på begravningsbyrån och hör av dig om några dagar. Jag vill gärna prata med dig!

Så gick hon tillbaka. Hon tycktes veta vem Erik var. Så konstigt! Erik såg alldeles handfallen ut och hann inte få fram något förrän hon var borta. Vi gick ut, tagna av andakten och förbryllade över kvinnan. Vem var hon? En syster kanske, inte mycket äldre än vi och med mer kännedom om Eriks far än vi anat.

Vi tog oss ner till Renstiernasgatan, följde den mot Tjärhovsplan och där tog vi trapporna upp till Mäster Mikaels gata och kunde i en ganska lugn omgivning promenera fram till Mose Backe torg, där vi gick in i trädgården och kunde blicka ut över staden medan vi tog något lätt att äta. Var hade Rosmarie bott? Hade vi kanske passerat hennes bostad?

Sommardagen visade ett Stockholm i sol med glittrande vatten och lätt sommarbris. Trädgården fick bli som en sluss mellan stillheten i kyrkan och den pulserande storstadens kakafoni av prat, buller och trafik. Det var eftermiddag och glest med folk. Skönt! Myllrets siesta! Vi behövde det för att landa i det vi hade upplevt. Rosmarie hade fångat oss. Skulle hon visa sig så småningom? Vad ville den förmodade systern säga?

Sedan tillbringade vi några dagar var och en för sig och jag tror att Erik var lika undrande som jag över Rosmarie. Jag hade så gärna velat träffa henne, få veta vad hon känt och hur hon tänkte. I min fantasi var hon jag. Vi skulle ha funnit varandra. Det var jag helt säker på.

Nu led sommarlovet mot sitt slut och Erik berättade att Iris och barnen skulle återvända in till stan för att förbereda sig för skolstarten. Kusinerna skulle åka hem till sitt och Karin behövde också åka in till stan. Erik skulle tillbringa några dygn hos henne och se till att hon klarade sig, men sedan skulle vi ha all tid i världen, nåja nästan.

Efter några dagar sa Erik att han ringt den förmodade systern och att de skulle ses påföljande dag och att han gärna ville att jag skulle följa med honom.

Det var med spänning vi gick till ett litet undanskymt café på Tjärhovsgatan, som systern föreslagit, där vi kunde ta en kopp kaffe utan att störas av andra runt omkring.

Hon hette Maria och var mycket riktigt syster till Rosmari. Det första hon gjorde var att ta fram ett inramat foto och visa oss.

- Det här är Rosmarie!

Mot oss log en kvinna i fyrtioårsåldern, tidlöst vacker. Hon utstrålade glädje, kärlek och livslust. Det var som om fotot lyste. Var detta Rosmarie? Vi behövde inte säga något. Maria läste vår reaktion i våra ansikten.

- Ja, hon var vacker! Vacker till förbannelse och jag menar det ordagrant. Fel män sökte hennes uppmärksamhet, självupptagna män som sökte en statussymbol, ytliga män som bara såg hennes utsida, men som kunde konsten att charma henne. De män som såg annat hos henne vågade sig aldrig fram. Hon hade några olyckliga förhållanden som inte klarade av hennes engagemang i den akademiska världen. Den sista relationen, den hon hade före Lars var värst. Han var besatt av henne. Ja, inte av henne tror jag, utan av den han ville att hon skulle vara. Han var svartsjuk och kontrollerande. Hon var hans och ingen annans. Han såg hennes arbete som ett hot mot sig själv. Till slut stod hon inte ut längre utan lämnade honom. Hon var bränd, hade sett för mycket av vissa mäns egocentrerade så kallade kärlek och hade inte mycket till övers för några nya relationer. Det var då som din far kom in i bilden, en man som på intet sätt försökte fånga hennes attraktion utan bara var vänlig och yrkesmässigt uppskattande. Hon tyckte om att prata med honom. Han lyfte samtalen till en högre nivå än hon var van vid och jag tror att han blev en sorts trygghet i hennes värld. Deras kärlek växte fram långsamt och så småningom.

- Ja, det var den bild min far gav mig också och jag förstod att han varit djupt fäst vid henne, men känt sig tvingad att bryta, men det är också allt jag vet. Men du har alltså träffat honom? inflikade Erik.

- Ja, det har jag, flera gånger och jag vet hur mycket de betydde för varandra och hur svårt det var att bryta, men Rosmarie förstod och aldrig att hon sa ett ont ord om honom. Kanske hoppades hon på en återförening i framtiden, men det är bara min egen gissning. Hon träffade aldrig någon annan efter honom, vad jag vet.

- Dagen innan min far gick bort vet jag att han träffade Rosmarie, sa Erik. Hon hade kontaktat honom för att berätta att hennes tid snart var ute och att hon hade något viktigt att tala med honom om och det var först då jag fick veta något. Det var så ofattbart att föreställa sig att han haft en del av sitt liv någon annanstans, ja både fysiskt och mentalt. Det tog lite tid att ta in det och vad det var som Rosmarie hade sagt, ville han vänta med att säga och sedan blev det ju för sent, men han ville att jag skulle veta, ville bara ha lite tid först att själv bearbeta det hela. Har du någon aning om vad det kunde vara?

- Ja, det har jag och det var därför jag ville att du skulle kontakta mig. Det är något du måste veta. Det kan bli svårt för dig, men det är det enda rätta och du får bestämma hur vi ska handskas med det.

Något svårt att veta, Rosmarie blev ett allt större mysterium och jag fick en känsla av att systern våndats en del innan hon bestämt sig för att det var nödvändigt att delge Erik det hon visste.

- Det finns ett barn efter Rosmarie, sa hon, en flicka på tio år som Lars är far till.

Fallen från skyarna brukar man säga vid överraskande situationer, men det är ett konstigt uttryck, som att man ligger krossad på marken. Det här var snarare tvärtom. Alla muskler i kroppen spändes som att biträda hörseln att uppfatta rätt. Varken Erik eller jag hade i våra spekulationer haft en sådan tanke. Lars hade ju varit så gammal, fast egentligen inte, omkring femtiosju då de bröt och Rosmarie var ju så mycket yngre.

- Ett barn! upprepade Erik, men jag förstår inte. Det borde vi väl ha vetat. Visste inte pappa det heller? Då förstår jag att han inte bara kunde berätta rakt av. Varför visste han inget?

- Det vet jag inte säkert, men vad Rosmarie sa var att han behövdes hos sin sjuka fru. Hon kunde inte riskera att han skulle lämna henne vid en sådan tidpunkt. Hon skulle berätta så småningom, men hon sköt det framför sig och så gick åren bara.

- Vad heter hon?

- Saga, kanske ett passande namn. Hennes tillkomst blev ju som ett minne av deras kärlekssaga, en sagans förlängning.

- Jag har alltså en syster som heter Saga?

- Jaa, en underbar liten flicka som bor hos oss nu. Vi har alltid haft ett starkt band mellan oss, Rosmarie och jag och funnits i varandras liv, så det var inget konstigt för Saga att komma och bo hos min man och mig efter Rosmaries bortgång. Redan dessförinnan var hon mycket hos oss för att underlätta under sjukdomstiden.

- Och nu då?

- Vi vill gärna behålla henne och jag antar att det sociala kommer att samtycka till det. Vi har inga egna barn och hon har ju alltid funnits nära oss.

Flickan intill Maria på begravningen måste alltså ha varit hon. Vi hade sett henne och ändå inte. Försökte förgäves minnas, men såg bara en suddig bild på ett barn med nedsänkt huvud. Jag skämdes lite över att jag inte hade funderat mer.

Det här var alltså hemligheten som Rosmarie till sist känt att hon var tvungen att yppa. Hur hade Eriks far reagerat i den stunden? Han kunde ha blivit arg, rasande över att inget fått veta tidigare, men i så fall, den ilskan visar man nog inte en döende människa eller kände han kanske en tacksamhet, en dämpad glädje över att allt inte skulle försvinna, att en del av Rosmarie skulle finnas kvar. Vi skulle aldrig få veta, bara förstå att han inte genast hade berättat för Erik.

- Vet hon något om sin far, frågade jag, hon måste väl ha undrat?

- Nej, hon känner inte till Lars. När hon var liten och började fråga om sin pappa satte sig Rosmarie ner med henne och berättade om en kvinna som längtade så mycket efter ett barn att hon till slut gick till doktorn, som gav henne ett sorts livsfrö och så började ett litet barn växa i magen. Hon kände sig väldigt efterlängtad och trygg med den beskrivningen och det är väl först nu som hon har fått klart för sig vad en donation är egentligen.

- Tror du Rosmarie skulle ha berättat sanningen för henne senare?

- Det var nog det hon ville tala med Lars om, om han ville och hur man skulle förklara och när.

Jag nickade och tog till mig vad systern sa. Det lät väldigt troligt att det var precis så som det gått till.

Så vände hos sig till Erik och sa:

- Nu vill jag att du tänker igenom det här och kommer fram till hur vi ska agera så småningom. Inte just nu. Nu måste hon få vara ledsen utan andra saker att grubbla på, men sedan. Ska hon få veta sanningen? Det känns som att det är det enda riktiga för hennes skull, men samtidigt skulle hon börja undra över varför inte hennes mamma sagt något och att hon ljugit för henne! Det är svårt att veta vad man ska göra och för dig och människor runt dig kan det också riva upp känslor. Men tänk efter vad du tycker och sedan får vi prata mer om det senare.

- Ja, det ska jag. Tack för att du berättat! Just nu känns det som att jag vill träffa henne! En syster! Men jag ska lugna mig, Tänka igenom vad det skulle innebära. Vem är hon lik?

- Båda, fast mest Lars. Jag tror nog att du kan se spår av din far i henne.

Så skildes vi åt och märkligt nog var det som att säga hej då till någon man känt länge. Maria hade varit så öppen och vänlig mot oss, trots att vi varit främlingar för varandra, men om henne själv visste vi ju ingenting. Den person som fyllt vår timme var Rosmarie och jag blev mer och mer nyfiken på henne. Hade så gärna velat sitta med henne över en kopp te och prata om livets skeenden. Vi hade med all säkerhet förstått varandra. Jag ville lära känna henne, veta mer! Jag måste!

Den kvällen präglades av det vi fått höra. Hur man än valde att agera utifrån vad vi nu visste, så skulle det kännas både rätt och fel och hur jämförde man och kom fram till rätt slutsats? Var det vad som skulle vara bäst för Saga som skulle avgöra eller vad? Hur hade Lars valt? Nu var allt upp till Erik. Om han valde att låta Saga få veta och vara delaktig i sitt liv så skulle så småningom hans mor och syster och barn måsta få veta. Skulle han klara av att ge sin mor det beskedet? Hur skulle hon klara av den besvikelsen? Och när i så fall? Bara inte just nu. Jag led med Erik, hade inte själv vetat hur jag skulle ha betett mig och hur skulle han då kunna göra det, han som nu bara bestod av en härva hoptrasslade känslor.

Jag smekte honom till sömns och hoppades att sömnen skulle lirka upp någon liten tråd. Hoppades på att han snart skulle få utrymme för tankarna att komma till klarhet,

Erik

Efter mötet med Maria stannade jag hos Anna. Nu behövdes hon mer än någonsin. Alla behöver någon som lyssnar, men hon inte bara lyssnade, hon fyllde ut outsagda meningar och förde tankarna vidare. Jag var inte ensam längre.

Vi hade varit inställda på att vår sommar fick börja när sommarlovet tog slut, när vardagen satte in och alla kunde hantera sin livssituation. Jag var tacksam mot Anna som klarat en sådan väntan, men jag visste också att hon behövde mycket egenutrymme, så uppoffringen kanske inte varit så stor, inte så stor så jag behövde känna mig självisk. Lite gjorde jag nog det i alla fall.

Sommaren hade varit både tragisk och välgörande. En hemsk kombination, men inget är bara svart eller vitt, även om vi ibland har en tendens att sätta på oss filter som ska ta bort det ena eller det andra. Min fars bortgång hade inneburit en stor tomhet, men minnet av det sista mötet kändes bra.

Det hade varit en stund av närhet och jag hade klarat av sedan att vara ett stöd både för min mor och för barnen. Min mor ja, hon var naturligtvis helt ifrån sig, men hade oväntat nog lyckats vara samlad och till och med hela tiden ha barnens bästa för ögonen. Och så var det, det där med Iris också, som hon var så glad över, glad över att hon hade stannat hos dem så länge. Hon hade så gärna velat att det skulle bli bra mellan mig och Iris igen. Hon hade inte kunnat låta bli att då och då komma med små kommentarer om vilken hjälp det hade varit att ha Iris där och hur bra barnen mådde nu när vi båda fanns hos dem. Hon visste precis var hon skulle slå in spikarna. Jag kunde inte annat än hålla med henne, för det var ju sant, Iris hade varit till stor hjälp. Men jag tror också att Iris trivts. Hon hade fått inta sin favoritroll, att dirigera familjen.

Jag blev kvar hos Anna nu, besökte min egen bostad sporadiskt, men hade den kvar ett tag till, tills det skulle bli dags att sammanföra Anna och barnen. Det fick vänta lite. Just nu var tankarna fast i hur man skulle göra rörande Saga. Jag hade nog kommit fram till att ett första steg skulle bli att lära känna henne lite utan att hon visste något om vårt släktskap och sedan fick man väl se hur man skulle gå vidare. Fast inte just nu, kanske om några månader då vardagen för Saga hunnit bli stabil.

Anna och jag njöt det sista av sommaren. Vi tog oss ut till vår lilla ö och sov över i ett primitivt tält som skulle skydda mot myggen, en praktisk eftergift, för egentligen hade jag velat omslutas totalt av bara mossa, blåbärsris och skvattram, försvinna från tankar, plikter och allt som påminde om den verkliga verkligheten, men tältet tjänade sitt syfte och bevarade också vår kroppsvärme fram till morgonens påfyllning av sol. Vi badade i ett vatten som börjat anpassa sig till höst och njöt desto mer sedan av att svepa in oss i våra badlakan och sitta med blicken ut över ett öppet stilla hav, där bara några sjöfåglar fick vattenytan att skälva.

Så blev det stan igen och arbete och rutiner. Hade väl lite då och då försökt arbeta under sommaren, researchat kring några eventuella kommande projekt, men hade inte förrän under den sista tiden besökt kontoret. Det kändes ganska bra att komma tillbaka till det gamla invanda och förvånansvärt snabbt började sommaren kännas långt borta.

En dag i slutet av september var det dags för invigning av Barnens Paradis och jag mindes våra arbetsmöten på byrån, hur entusiastiska vi varit över uppgiften att göra deras reklam och vilken samhörighet vi känt när vi diskuterade. Det skulle bli spännande att se sjösättningen av huset. Hade vi triggat förväntningarna för mycket eller skulle det bli succé?

Jag bestämde mig för att ta med Alice och Vilgot dit. Egentligen var de kanske lite för gamla för att uppskatta allt, men det skulle finnas något för alla åldrar enligt programmet och det skulle bli roligt att höra deras utlåtande.

Det var mycket folk där, nästan outhärdligt mycket, men det borde jag ju ha förstått. Premiärer lockar alltid. Det känns så bra att kunna säga att man varit där, som att det synliggör en på något sätt.

Man kom in i en stor hall med saker att klänga och klättra på för de minsta, där säkerhetstänkandet varit arkitekt och placerat sakerna på ett sviktande golv, söta små hästar och jättefrukter att krypa in i, färgglatt och gulligt. Runt sidorna fanns olika rum för olika aktiviteter. Vi började med att bese rummet med klätterväggarna, några små med stora tydliga utskott för händer och fötter och en stor som sträckte sig upp till taket och fick en att undra om där fanns något över huvudtaget att hålla sig i. Den fick ögonen att glittra på Vilgot, men vi bestämde, inte idag i den här trängseln. Vi gör ett besök senare när det är lite lugnare.

På dörren till nästa rum satt en skylt med texten VÄLKOMMEN TILL MITT KALAS och en värdinna stod utanför och berättade att idag var det tomt där, men gå gärna in och titta på hur mysigt det är därinne, så vet ni hur trevligt det kan bli att ha sitt kalas där någon gång. Från taket hängde det ned ett hundratal ballonger och vid den bortre kortänden vid ett stort bord stod en tronliknande guldförgylld stol, ämnad åt födelsedagsbarnet. Väggarna var prydda med diverse figurer från böckernas och filmens värld, alla med paket och blommor i händerna.

Så kom vi till en dörr som ledde ut till ett jättetält. Där kunde man få ta körkort. I eldrivna små bilar med maxfart 10 km i timmen fick man ta sig fram på små gator och utmanas att göra rätt vid olika stationer, att stanna där man skulle och visa rätt tecken och man fick inte köra om någon annan hur som helst. Klarade man banan fick man ett "körkort" utskrivet. Det var en fördel om man tittade igenom de trafikregler man fick före start.

I hallens förlängning kom man fram till äventyrslandet där man klättrande fick ta sig upp till en avsats där den långa rutschbanan började och sedan på marken skulle man med hjälp av linor ta sig över målade floder med krokodiler i och i pirayarikt vatten hoppa från sten till sten för att nå nästa sida. Utmaning på utmaning. Här myllrade det av barn och jag förstod att det där skulle nog barnen kunna tänka sig en dag.

Det fanns ett filmrum som visade Greta Gris när vi passerade och det fanns en butik som sålde gosedjur och diverse spel och pussel och T-shirts med allt på från kaniner till superhjältar.

Där fanns ett bollhav och intill ett café, väl uttänkt, men som vi inte ville köa till utan vi valde istället att gå bort till Godislandet för att åtminstone vara aktiva med något. Djupt försjunkna i valets vånda med varsin påse i handen studerade barnen alla möjligheter som fanns då jag hörde:

- Men Erik, så roligt att se dig här!

Det var Maria som stod där med en flicka bredvid sig som måste vara Saga.

- Detsamma! Så du törs dig också ut i den här trängseln! Jag är här med mina barn som just nu reducerar lagret av sötsaker. De är här någonstans.

- Ja, vi tänkte göra detsamma. Det här är Saga och Saga det här är Erik, en bekant till mig.

- Hej Saga! sa jag. Hittar du något roligt här?

Hon mumlade ett tyst hej och skakade på huvudet och ville gå mot godisväggen. Så mycket var jag värd, både för henne och för mina egna, mindre än en seg råtta! Det får bli en annan gång, ett bättre tillfälle. Maria och jag sa adjö och sa att vi skulle höras och så skildes vi åt.

Nog kunde man se min far i henne. Faktiskt liknade hon Alice en aning, fast flickor i den åldern påminde ofta om varandra. Förväntar man sig något så är det lätt att se det också.

Nästa dag ringde Maria, sa att hon höll på att städa ur det sista i Rosmaries lägenhet och i nattduksbordet hittat en dagbok efter Rosmarie. Hon hade läst den efter en del tvekan. Det är ju ändå som att kliva in i en annan människas allra innersta. En dagbok kan vara allt från väderleksangivelser till bikt, men det vet man ju inte förrän man börjat läsa. Den här hade väl varit mer av en tankejournal än en väderleksrapport och den förmedlade en ganska tydlig bild av vem Rosmarie var, men inte så att man behövde känna det som att man gjorde intrång på förbjuden mark.

- Jag tänkte att du kanske ville läsa den för att förstå hennes och din fars relation lite mer.

- Tack för att du tänker så! Ja, jag vill gärna läsa den. Tycker redan jag känner henne lite genom din och min fars beskrivning. Så omtänksamt av dig!

Dagen därpå stämde jag träff med Maria för att låna hem dagboken och på kvällen läste jag högt för Anna. Boken började strax före mötet med min far och beskrev hur hon hade reagerat på hans klumpighet, hur den fått henne att le istället för att bli arg och sedan några sidor om hur hans försynta vänlighet, totalt utan någon sorts attraktionsförhoppning, fått henne att uppskatta deras vänskap.

- Konstigt tyckte jag, kvinnor vill väl känna sig åtråvärda?

- Tror du? Ibland, men inte alltid, replikerade Anna. Rosmarie hade ju en bakgrund av att vara jagad och snärjd och olycklig och gång på gång möttes hon förmodligen av lystna blickar som bara bekräftade att hennes värde låg i att vara ett vackert föremål. Hon ville bli sedd som något annat, tror jag.

Anna lät så väldigt engagerad, mer än jag, men kvinnor är lite så, tänkte jag, behäftade med en sorts modersinstinkt som sträcker sig utanför den egna sfären.

Det var nog den som talade också hos Rosmarie när hon i dagboken beskrev hur hon känt en lust att smeka faderns kind då han tyckte det som att han kört fast i en matematisk förklaringsmodell. Den hjälplöshet som då skymtat hade rört vid urmodern i henne och fått henne att krypa ur sitt eget skal och det var väl där som vänskapen förändrade form.

Hon beskrev med värme hur tilliten till honom försiktigt hade klätt av hennes misstro och återplacerat henne till en Rosmarie för länge sedan.

Jag fortsatte att läsa och sög i mig alla beskrivningar av min far som en hunger efter att någon annans uppfattning om honom skulle stärka min egen och få honom att stanna kvar lite till. Anna satt andäktigt med tårar i ögonen och lyssnade intensivt. Jag tror att hon kände ett sorts systerskap med Rosmarie, kanske ett bakgrundsigenkännande i att inte ses för den man är utan istället uppleva tyngden av att anpassa sig och hålla tillbaka. Jag ville inte tro att det var så nu också. Nej, nu var det inte så! Hon fick det utrymme hon behövde. Jag gladdes åt alla hennes sidor. Det var ju det jag älskade hos henne, mångsidigheten och öppenheten, men som båda höll förnuftet i hand.

Rosmarie blev vår. Vi led med henne då hon beskrev den tomhet som inträtt vid deras uppbrott och vi gladdes med henne då hon beskrev den glädje hon känt då hon förstod att hon var gravid. Några sidor till rymde boken där man skymtade något av den vånda hon ställts inför i samband med att hon fick beskedet om sin graviditet om hon skulle berätta eller ej. Till slut hade hon i alla fall bestämt sig för att vänta med att berätta, känt det som det mest riktiga för alla. Kanske skulle Lars höra av sig någon gång, trots deras beslut och i så fall, då skulle hon kanske säga något, men inte nu. Hoppades hon på deras återförening, men inte velat påverka den? Det framgick aldrig. Lite kändes det som att boken var censurerad av henne själv, som att man inte fick visa upp några negativa känslor. Nog måste hon väl någon gång förbannat ödet och Lars och haft lite agg eller svartsjuka gentemot hans hustru? Förmodligen, men sådant visade man inte, inte ens för dagboken. Sedan var sidorna slut och någon mer dagbok hade aldrig Maria nämnt. Orkade hon inte skriva mer eller kändes det ovidkommande efter dotterns födelse? Allt annat blev kanske av mindre vikt då.

När jag lämnade igen dagboken bestämde Maria och jag att det inte var någon brådska att berätta sanningen för Saga om hon inte själv började fundera över sitt ursprung. Det kändes som det rätta, men däremot kunde vi gå en liten bit på den planerade vägen genom att skapa tillfällen att lära känna varandra. Maria förstod verkligen min önskan att lära känna Saga och vi bestämde att vi kunde stöta på varandra på Bondens marknad och sedan kunde vi ju gå och fika tillsammans.

Så gjorde vi. Vi blev glatt överraskade över att ses och Maria presenterade Anna och mig som gamla bekanta för sin man Jonas och

Saga och jag fick en känsla av att Jonas redan var invigd i planerna.

- Hej Saga! sa jag. Vi har ju setts förut, framför godiset på Barnens Paradis, men det finns det väl inget kvar av, antar jag.

- Nää, fast Maria sa att vi kunde köpa nytt idag.

- Ja, det låter som en bra idé, inföll Anna, och en annan god idé är att hitta ett café någonstans i närheten med smarriga tårtbitar! Lite kaffe med något gott till skulle jag gärna vilja ha!

- Ja, jag vet ett här i närheten som har massor att välja på, sa Maria. Dit kan vi gå sedan när vi handlat vad vi ska, men först ska jag förse mig med lite olika grönsaker och sedan vill jag köpa honung och om vi hittar lite rolig annorlunda sylt så ska jag köpa det också!

Vi strosade runt och tittade nyfiket på alla varor och handlade en del medan Anna och Maria pratade på som duktiga isbrytare. När vi var klara promenerade vi ett par kvarter och sedan låg där ett konditori med ett skyltfönster som ropade Kom in! Kom in! Faten dignade av bakverk som kunde få den mest fanatiska sockerantagonist att vackla. Att välja blev inte lätt. Det blev en sådan där stund då man tvekade på tesen om valfrihetens lov. Man blev lätt stressad över risken att välja fel. Tänk om den saken jag valde bort var godare? Tur att det nu bara gällde bakverk, men en annan gång...

Vi försåg oss och såg nöjda ut och hittade ett bra bord och Maria berättade att det här kondiset fanns redan i hennes barndom. Ibland vid lite särskilda tillfällen hade hon och Rosmarie fått gå dit med sina föräldrar och då valde de nästan alltid en bakelse som hette Zola.

- Tänk att den ser man aldrig nu för tiden. Den var vit. På en smördegsbotten låg ett jättetjockt lager av grädde och ovanpå ett tunt lock med vit kristyr. Den var jättegod och rolig att äta för man kunde inte bara skära i den, då sprutade grädden åt alla håll. Först fick man lov att lyfta av locket och hur man än bar sig åt blev man kladdig. Jag minns den som världens godaste och kan inte förstå att den inte finns längre!

- Kan det kanske bero på just det att den var så svår att äta? sa Jonas. Nedfläckade kunder är nog ingen försäljningsframgång!

- Nej, det har du rätt i, men annars har jag märkt att mycket av det som fanns förr har försvunnit, så det är som att det går mode även i kaffebröd.

- Det är nog så med mycket annat också. Trender kommer och går även vad gäller mat och heminredning och till och med vissa blommor kan plötsligt bli moderna, sa Anna. Det är lite konstigt!

- Min mamma skulle ha sagt att det är för att vi fått det för bra, sa Jonas. I magra tider har man annat att tänka på.

- Ja, det ligger något i det. Ju bättre vi får det, ju kräsnare blir vi och jag tror inte att vi glädjer oss mer åt våra saker nu, snarare tvärt om! tyckte Anna.

- Stämmer nog. Den där första lyckokänslan man får då valmöjligheterna blir större ersätts efter ett tag av en sorts press. Plötsligt har det blivit viktigt att ha de rätta sakerna och genom det visa omvärlden vilken enastående person man är, inföll jag. Även välstånd har sina avigsidor.

Det var roligt att diskutera och jag märkte att Saga lyssnade uppmärksamt och följde med i samtalet även om hon inte sa något. Våra ord och åsikter flög runt mellan oss, förstärktes och nyanserades och jag såg en bild av hur de som små frön landade hos henne, där några kanske skulle gro och forma en bild av omvärlden.

Efter en stund tog Anna fram en penna och började rita på sin servett, en kaffekopp ovanpå några tår och så sa hon.

- Nu ska jag hämta det här! Vet någon vad?

- Ja, jag också, sa Maria.

Jonas och Saga såg brydda ut, så jag svarade

- Ta lite påtår till mig också!

- Visst och då är det din tur nu att rita något!

Medan de hämtade mer kaffe ritade jag en man och en krona och frågade sedan

- Vilken stad?

- Det var lätt! Där gjorde jag lumpen, sa Jonas.

- Karlskrona , sa Maria. Då är det min tur nu.

Så ritade hon ett glas och ett par ögon och direkt nappade Saga

- Glasögon!

- Ja, det är rätt! Nu får du rita något!

Hon funderade en stund och sedan ritade hon en riktigt fin daggmask och en vacker ros, allvarligt och målmedvetet. Tydligen hade någon estetisk gen vandrat vidare till henne och det gladde mig och jag utbrast

- Min favoritblomma!

- Det ska vi komma ihåg! sa Anna och Saga skrattade.

- Nä, det kan det inte vara, sa Jonas. Det är ju en maskros! Nu är det min tur. Det här är något som Maria är jätterädd för.

Och så ritade han en vattensamling och ett litet djur med lång svans. Saga funderade intensivt och sa

- Det ser ut som en råtta, men det är väl inte du rädd för Maria?

- Nä, det är hon inte, sa Jonas, inte vanliga, bara den här sorten. Ser hon en sådan här rusar hon efter dammsugaren.

Då kom det samfällt från både Saga och Maria

- En dammråtta!

Alla skrattade och jag var så glad att vi kommit lite närmare Saga och att hon såg ut att ha roligt. Nu fanns bara en önskan kvar, att en dag kunna sammanföra henne med Alice och Vilgot också.

Den tanken gnagde på mig tiden framöver. Det var ju inte vad *jag* ville som var det väsentliga utan vad som var bäst för omgivningen, hänsynen till alla andra. Jag var ju bara domaren, vilket gjorde det svårare. Efter en tid slog mig tanken att jag väl borde informera Eva också. Saga var ju lika mycket hennes syster. Att dela ansvaret med henne för hur man skulle göra framöver fick bli nästa steg, så jag ringde henne och bad henne titta förbi nästa gång hon skulle till Stockholm.

- Det är en sak jag behöver prata med dig om!

- Har du träffat någon?

Typiskt kvinnor! Som om livet bara bestod av relationer, men faktiskt ett bra tillfälle att berätta om Anna.

- Kanske det, men det var faktiskt en annan sak jag ville prata med dig om, en viktig sak, så när kan vi ses?

- På lördag hade jag tänkt ta en tur till Ikea, så om det passar dig då, så kan jag svänga in till stan och besöka dig innan jag åker dit.

Vi bestämde så och jag såg till att ha städat hemma, lade på en ren duk på bordet och införskaffade lite färskt bröd från bageriet och vi hann inte mer än sätta oss förrän Eva frågade

- Vad heter hon?

- Anna, men det kan vi ta sedan. Nu är det något helt annat jag vill prata med dig om.

Så delgav jag henne historien om mitt obetänksamma tilltag att öppna brevet till vår far och om dess innehåll. Hon satt tyst med rynkad panna, som om hon inte förstod.

- Nej, är du säker på att brevet var till honom?

- Ja, jag ringde honom och berättade om min klumpighet och om vad som stod i brevet och han kom in till stan direkt och berättade om sin vänskap med Rosmarie.

- När hände det här?

- Två dagar före hans bortgång. Då ville han inte säga så mycket mer, men dagen därpå hade han besökt henne och berättade sedan för mig att de haft ett allvarligt förhållande, men inte vad som hade varit så viktigt för henne att delge. Det ville han först bearbeta själv, sa han, men sedan skulle jag få veta. Och dagen därpå gick han bort och då fanns det annat att tänka på.

- Så hemskt! Tror du det var något smärtsamt hon sa?

- Nej, det var det inte! Nu vet jag vad det var. I samband med begravningen kom jag att tänka på Rosmarie och några dagar senare såg jag hennes dödsannons i tidningen och beslutade mig för att gå på hennes begravning. Där mötte jag en syster till henne och hon talade om vad det var.

- Och?

- Vi har en lillasyster på tio år!

- Va!

- Jo, så är det. Saga heter hon och jag har träffat henne och inga tvivel råder om att hon inte skulle vara vår syster. Det syns på lång väg.

Så berättade jag om min kontakt med henne och att hon inget visste om vårt släktskap utan trodde att jag var en bekant till hennes moster.

- Maria, mostern och jag har väl tyckt att i nuläget finns ingen anledning att berätta något för Saga, men hur vi ska göra längre fram är upp till mig. Jag blir galen av allt ältande om vad som är bäst, hur man säger och när, för hur man än gör så blir någon sårad. Så vad gör vi? För egen del, så vill jag naturligtvis berätta sanningen så fort som möjligt och ge henne en familj på pappas sida, sammanföra henne med våra barn, men det kan ju innebära att hon känner sig sviken av mamman som undanhållit sanningen. Hon förklarade tillkomsten som en saga om hur hon gått till doktorn och fått ett livsfrö som sedan blev Saga.

- Det skulle kanske gå att förklara på något sätt, att mamman ville ge henne en vacker saga då, men sedan lite senare tänkt berätta om vem pappan var.

- Ja, kanske det, fast lite längre fram, men hur förklarar vi det hela för mamma. Hon kommer att bryta ihop. Inte nog med att sorgen efter pappa tär på henne, får hon sedan veta att han haft en allvarlig relation med en annan kvinna, vet jag inte hur hon ska klara det. Vi sitter i en rävsax. Vad vi än gör så blir det fel för någon.

- Någon smärtfri lösning finns nog inte. Förstår att du inte ensam vill hantera det, men någon gång måste vi berätta, så *så* långt är vi väl ense, men när är frågan?

- Ja, det är det svåra, när är det rätta tillfället?

- Inte förrän sorgen blivit stillsam i alla fall. Om vi bestämmer så, så kanske du kan släppa ältandet ett tag. Nu vill jag veta allt om Anna. När träffade du henne och hur träffades ni?

- Det beror på hur man menar. Hon är en före detta arbetskamrat som var på firman några år och så en dag råkade jag på henne på en konstutställning.

Det var ju ingen lögn, men så tillade jag att det var ett tag efter separationen. Jag skulle väl ha kunnat säga hela sanningen till Eva, men så här var det bättre för alla. Eva skulle slippa att försäga sig och Anna skulle slippa att bli sedd som den orsakat uppbrottet.

- Hur som helst så såg vi utställningen tillsammans och hade väldigt trevligt ihop. Vi delar så mycket av intressen och synsätt så allt kändes så bra så vi bestämde att ses igen och sedan gav det ena det andra så nu kan man väl säga att vi är ett par.

- Vet mamma om det? Hon hoppas väl fortfarande på att du och Iris ska hitta tillbaka till varandra igen.

- Nej, hon vet inget och inte barnen och Iris heller. Jag har inte tyckt det varit läge än att berätta. Inte en sak till för mamma just nu! Det är ju konstigt att tillvaron ska vara så tilltrasslad hela tiden. Hänsyn hit och dit som krånglar till det. Man försöker skona folks känslor och så blir det i stället tvärtom i slutänden!

- Det är nog för att du vill vara alla till lags på något sätt. Det går inte. Någon form av konfliktärädsla kanske?

- Nej, det stämmer inte! Jag säger ofta ifrån och ifrågasätter saker och ting.

- Ja, när det gäller saker och ting ja, men när det handlar om människor tror jag inte att du gör det. Är man snäll, kan man väl uttrycka det som att du alltid vill alla väl.

- Och om man inte är snäll?

- Då kan man säga att du är en veligpetter som alltid stryker alla medhårs.

- Oj, då!

- Ja, men jag vet ju att det är för att du är en godhjärtad person och det ska du fortsätta att vara, men det innebär inte att man alltid måste väja för alla obehagliga sanningar. Det är missriktad välvilja. I långa loppet är det bättre med ett sting idag än ett krampanfall i morgon, för det är så det blir. Det är som att skyffla snö framför sig. Snöhögen växer.

- Hu! Du är klok du! Veligpetter! Det var väl ändå att ta i! I sak har du rätt, men jag tycker inte din beskrivning passar in på mig. Veligpetter! Nää! Nu vet du i alla fall hur saker och ting ligger till och att vi är ense om att vi ska berätta men inte nu.

- Ja, det är vi. Tänk att få en syster så här på gamla dagar! Så konstigt! Hur är hon då?

- Lite blyg och tillbakadragen och lite lillgammal kanske.

- Jaha, precis som du var då och förresten fortfarande är!

- Tack! Man måste inte vara en pratkvarn som mal kallpratsmjöl och älskar alla människor.

- Nej, absolut inte! Man kan ju blanda bark i mjölet istället! Fast det gör du ju inte heller. Du föredrar att hålla stängt!

- Sista ordet som vanligt, men jag bjuder på det. Det känns bra i alla fall att du nu också känner till allt och att vi är ense om hur vi ska gå vidare. Hej med dig!

Så for vi var och en till sitt, Eva till Ikea och jag hem till Iris för att hämta barnen.

Någon månad senare kom julen till stan. Gatorna lystes upp av glittrande stjärntak och här och var ackompanjerades butikernas skyltfönster av White Christmas och folk förfasade sig över att julen väl snart skulle börja efter midsommar. Trots knorrandet ville man inte missa något i alla fall, så gatorna började fyllas av folk och köplusten väcktes till liv. Så småningom infann sig en tanke hos mig om att träffa Saga, Maria och Jonas och spendera lite tid tillsammans på julmarknad och vid NKs skyltfönster. Många hade tänkt likadant. Den tänkta julstämningen slogs in i ett paket av trängsel och fick mig att längta till stillheten på landet. Någon gång kunde det kanske bli så och just nu fick jag trösta mig med att Saga såg glad och nyfiken ut.

Vi avverkade stånd efter stånd med tomtar i ull och tomtar i keramik och tomtedukar och tomtegardiner och efter den hundrade ropade jag tyst på Viktor Rydbergs tomte, att han skulle komma och hålla lite ordning och berätta om en tomtes plikter istället för allt detta flamsande. Om det var ett överdrivet julstämningsskapande utbud i marknadsstånden så var det snarare brist på det i NKs skyltning, Jul i Universum och det kunde man väl förstå att inte tomtens renar kunde ta sig så långt bort. Vi blev stående där en stund och kanske var det en liten blivande fysiker som skärskådade rymden. Ett vemod kom över mig när jag tänkte på att nu borde Rosmarie ha levt och stått här med Saga i stället och berättat om allt vi såg. Hon hade kunnat levandegöra det så mycket mer än vad någon av oss kunde. Jag försökte så gott det gick och försökte minnas vad jag själv tyckt var spännande i den åldern och jag såg min far framför mig hur han med sin entusiasm kunnat få mig nyfiken på rymdens dolda företeelser.

Vi fick en trevlig eftermiddag tillsammans även om inte så mycket julstämning infann sig, men vad gjorde det? Jag har alltid tyckt att julen är barnens högtid och det är inte alltid som våra förväntningar är desamma som deras. Stämningen mellan oss var god och den stämningen var så mycket viktigare.

Dagen därpå besökte jag min mor för att vi gemensamt skulle åka till kyrkogården och sätta ett ljus på graven. Det första hon sa när jag kommit innanför dörren var att hon sett mig utanför NK dagen före.

- Men varför kom du inte fram då?

- Nej, jag satt i spårvagnen och jag såg att du stod och pratade med någon.

- Ja, det stämmer. Jag stötte på några bekanta där.

- Ja, en liten flicka såg jag.

- Inte hennes föräldrar?

- Det vet jag inte. Det var ganska mycket folk där, men flickan såg jag. Hon var ju en avbild av dig som barn!

- Tja, det vet jag inte. Alla barn ser väl likadana ut i den åldern.

- Försök inte slingra dig! Så lika varandra är inte barn. Nej, du, erkänn att hon är ditt barn!

- Va, tror du jag är far till henne?

- Ja, det tror jag!

- I så fall är du helt ute och cyklar!

- Ljug inte för mig! Det såg jag väl att hon är ditt barn!

- Nej, nej, det är hon inte!

- Jo, det tror jag och hur du har kunnat undanhålla det i alla år förstår jag inte. Jag skäms över dig och det borde du själv också göra! Inte nog med att du visat dålig moral, du är feg också som inte står för vad du gjort.

Det var väl nu som jag skulle sagt sanningen, berättat om Rosmarie, men jag kunde inte. Hur dumt hon än betedde sig så kunde jag inte tillfoga henne den smärta som sanningen skulle resultera i så jag sa bara

- Tro vad du vill, men du har fel!

- Vi pratar inte mer om saken nu, inte förrän du kommer till insikt om vad som är rätt och riktigt!

Så bytte hon samtalsämne och gjorde sig klar för att åka med ut till kyrkogården.

Vi sa inte så mycket till varandra i bilen och inte sedan heller. Man kunde väl skylla på det ruggiga vädret, men det kändes mer som det var det ofärdiga samtalet som blockerade allt vänligt småpratande.

Min mor besökte ganska ofta graven och pysslade med blommor och ljus och fann en sorts närhet till min far där, men själv tyckte jag att jag kom honom närmare när jag bläddrade i hans böcker eller bara befann mig i hans arbetsrum. Vid graven kom så många andra tankar och störde, något skräp som skulle plockas bort eller andra människor som flanerade förbi. Jag skjutsade hem henne och fortsatte sedan hem till Anna och en barnfri söndag.

Iris

Hösten rann iväg förvånansvärt snabbt. Då vi reste hem i slutet av sommarlovet hade jag gruvat mig för omställningen till vardagen igen. Trots det sorgliga med Lars bortgång hade jag haft en fantastisk sommar. Jag hade fått vara med barnen mer än tidigare och jag hade känt mig välbehövd av alla. Min arbetsgivare hade inte haft några invändningar då jag bett om förlängd ledighet. Jag hade ju dessutom gjort en liten utlandstripp, så den här sommaren hade på sätt och vis varit min bästa någonsin, men det tänkte jag inte högt, tänkte inte ens färdigt tanken för så fick man inte tänka. När någon i ens närhet går bort och alla är ledsna får man bara inte njuta av livet! Det vore känslokallt, oempatiskt som om personen i fråga inte betydde något. Nej, så var det inte, men en viss tacksamhet över omständigheterna kunde man få känna och det gjorde jag.

Ilskan mot Erik hade nästan försvunnit. Vi hade kunnat umgås på ett sansat sätt som vänner. Karin hade förstås kommit med små kommentarer under sommaren om hur bra barnen nu mådde när de hade oss båda tillsammans och det var väl hon som mer eller mindre propsat på att jag skulle förlänga ledigheten. Det var skönt att hon brydde sig så mycket, men jag var nog inte själv säker på vad jag ville. Förtroendet för Erik var förbrukat och jag hade börjat se att vi i mångt och mycket faktiskt var ganska olika. Det hade nog till största delen varit månandet om barnen som hållit oss samman.

Karin hörde av sig då och då på telefon och vi sågs ibland. Vi hade vårt eget band oavsett vad som hänt och skulle hända och på hennes födelsedag i oktober var vi dit på kaffe och tårta. Alice hade ritat av äppelträdet vi planterat. I trädet satt en liten fågel omgiven av blommande grenar och det hade blivit en riktigt fin bild, som vi satt in bakom glas och ram och Karin blev så glad och rörd.

- Jag ville att du skulle kunna titta på äppelträdet när du inte är på landet också!

- Det var rart av dig! Tack, snälla du! Jag tror jag sätter tavlan på väggen vid köksbordet, så kan jag titta på den varje morgon när jag tar mitt kaffe.

Vilgot hade snickrat ett skrin i träslöjden och frågat mig om inte jag också tyckte att farmor kunde få det.

- Naturligtvis! Jag tror att hon kommer att bli jätteglad åt det.

Det blev hon också. När hon öppnade det upptäckte jag att det inte var tomt. I skrinet låg en bunt recept på tårtor.

- Jag tänkte att du tycker ju det är så roligt att baka, så jag klippte ut lite tårtrecept jag hittade i några tidningar, så kanske vi kan prova dem någon gång.

- Det var bra tänkt! Tack så väldigt mycket! Så klokt av dig! Och nu sätter vi oss till bords och smakar på den här tårtan!

Lagom till att vi skulle sätta oss ringde det på dörren och Erik uppenbarade sig med ett fång rosor.

- Du fick ju alltid rosor av pappa, vita med två nedstuckna röda i och så brukade han mumla någon melodi om att rätt ska vara rätt, men nu fick det bli rosa.

- Ja, det fick jag. Du minns det! Tack ska du ha! De här passar så bra och kommer att bli så fina på bordet.

Så satte hon blommorna i vatten och placerade vasen vid ena kortänden och vi satte oss och skar upp av födelsedagstårtan, en hemgjord prinsess, som smakade alldeles för bra. I botten låg ett tunt lager hallonsylt från sommarens skörd och huruvida man skulle ha sylt eller inte i en prinsesstårta var inte läge att diskutera nu. Nu blev det ett sommarminne som smakade väldigt bra och vi njöt i fulla drag.

Vi pratade om skolan, landet och sommaren och Alice tycktes fortfarande ha kvar sitt intresse för småfåglar, för nu deklarerade hon att många fåglar måste flytta till varmare länder på vintern för de har ingen mat här då och så var det nog med vår fågel i äppelträdet.

- Ja, så är det, sa Erik, men i vår kommer han tillbaka och väntar på oss.

I oktober och november hade vardagens rutiner format våra dagar och allt hade gått förvånansvärt bra. Ibland kunde jag till och med tycka att allt löpte på bättre än någonsin. Ingen annan som hade andra idéer som kunde störa planeringen och barnen hade ännu inte kommit upp i tonårsupprorsmaner. Ett lugn bredde ut sig och jag mådde bra. Den förmodade långa hösten bara försvann. Plötsligt närmade sig julen.

Det var den sista söndagen i november och Erik hade varit och hämtat barnen för ett besök på arkitekturmuséets pepparkakshusutställning och jag hoppades innerligt att det inte skulle inspirera dem till att vi sedan skulle bygga ett Eiffeltorn eller ett sagoslott med tinnar och torn. Det kunde gott räcka med en liten stuga till tomtarna. Mina minnen av pepparkakshusbyggen var brännskadade fingrar och ett sockerlim som alltid stelnade innan väggarna var på plats. Men när huset väl stod där sedan, godisdekorerat av barnen och man såg deras förtjusning, så var det väl värt allt besvär, men lagom är bäst och ifråga om pepparkakshusbyggen så var väl den nya trenden med minihus, det som kändes som det rätta!

Framåt kvällen skulle jag på julbord. Vår avdelning på banken där jag arbetade hade i många år haft som tradition att i adventstid gå ut tillsammans och aväta ett sådant. Vi brukade inte direkt umgås annars, men någon gång kunde vara trevligt och vi tyckte väl att vi kom varandra lite närmare när man satt så länge tillsammans och inte behövde snegla på klockan. Bara allvarliga orsaker godkändes som giltig frånvaro. Barnen skulle vara hos

Erik hela helgen och jag hade i god tid sett över min garderob och valt ut en röd sammetstop till min svarta taftliknande kjol. Tyckte det var lagom snyggt. Man fick inte överdriva, men gärna markera att julen var i antågande. Jag satte på en julskiva och snurrade runt några varv framför spegeln. Kände mig ganska nöjd och såg fram mot middagen och hoppades på någon ny idé för mitt eget experimenterande i köket så småningom.

Vi brukade variera platsen för julbordet. Det var väl på både gott och ont. Det var ju roligt att pröva något nytt, men samtidigt lite trist om det blev sämre än fjolårets. Oftast var vi väldigt nöjda. Man kunde ju i vilket fall som helst inte äta av allting. Det här året skulle vi ses på Enskede Värdshus. Vi samlades i vinterträdgården med glögg och småprat och ansträngde oss att inte diskutera arbetsfrågor. Man försökte vara lätt nyfiken på de andras julplaner och man sållade bland sina personliga för att vara lagom självutbjudande.

Så visades vi till vårt bord och kunde börja plocka av den kalla buffén. Många öste på med alla sorters sillinläggningar, men själv hade jag hittat mitt mönster, att inte äta av allt utan plocka ut bara det som verkade mest lockande och framför allt, inga feta röror som fick en att bli mätt före varmrätterna. På min tallrik vilade nu bara lite lax och grönsaker och det fick min bordsgranne att fråga om jag inte mådde bra.

- Jovisst, men jag startar lugnt, som en långdistansare! Vill ha lite plats på slutet också.

- Så klok du är! Själv är jag nog alldeles för ivrig. Obetänksam, som min fru brukade säga. Ja, du vet väl att vi gått skilda vägar i höst eller rättare sagt, hon lämnade mig. Hon hade fått nog sa hon. Av vad har jag undrat sedan dess och jag lär väl inte få något svar på det heller! Ja, sånt är livet, som hon med mörka rösten sjöng, men nu pratar vi inte mer om det. Nu ska vi ha en trevlig kväll! Skål på dig!

Så höjde han sitt snapsglas och jag greppade min Ramlösa.

- Ja, skål på dig Fredrik! Jag förstår om det känns för dig, när det är så nyligen det hänt, men allt lugnar sig med tiden ska du se och det är bra om du kan tänka på annat ibland.

- Det ska jag! Sa jag förresten att du är väldigt fin ikväll! Så snyggt med rött! Det klär dig!

- Tack! Ville markera att det är jul. Det är ingen färg jag brukar ha annars, men roligt om du tycker att det är klädsamt!

Sorlet i matsalen steg i takt med inmundigandet av mat och snapsar och öl, och alla verkade glada och faktiskt brukade det inte bli några övertramp bland oss, lite fördomsfullt kanske att tänka så, men bankfolk var väl oftast personer med kontroll på både sitt humör och sitt uppförande. En yrkesskada kanske, men nej, lite tvärtom, en förutsättning för bra kundkontakt var nog en bättre beskrivning.

Det var bra med buffé. Det gav en tillfälle att prata med fler än bordsgrannen och mellan påfyllningarna hann jag få veta Sofias planer för julledigheten. Hon och familjen skulle tillbringa den i sin fjällstuga uppe i Sälen. Det skulle bli så trevligt att andas frisk luft och röra på sig! Kände att det nog varit en miss i vårt barnaktivitetsprogram, att lägga en bra grund för utförsåkning, men allt var inte görligt, så man fick välja. Varken jag själv eller Erik hade heller varit några skidentusiaster. Vi var väl båda två mer roade av sommarsporter. Erik i synnerhet, och på vintern gick han gärna i ide med litteratur i konst och vetenskap och han brukade försvara sig med att på sommaren fick kroppen sitt och på vintern krävde intellektet motion.

Veronika hann med att visa foton och berätta om alla tröjor hon stickat och nu skulle ge till barnbarnen i julklapp. Carina hann beklaga sig över alla krav och förväntningar som vilade på henne på julafton och Niklas frågade mig om jag trodde frun skulle bli glad åt en semestertripp lite senare till Paris, som han hade tänkt som julklapp. Naturligtvis! En man som förstod att en ny köksmaskin inte var det som stod överst på önskelistan! Jag instämde och gav positiva gensvar och upplevde väl att oavsett vad vi pratat om så hade vi kommit varandra lite närmare och vävt på våra samförståndsband.

När vi kom till desserten som jag fortfarande hade plats för men inte Fredrik som fyllt sig med både flytande varor och så gott som allt som julbordet bjöd på upplevde jag att han trots sitt uppmanande om att ha en trevlig kväll ändå föll tillbaka i melankoli och grubblande.

- Vad tror du hon menade?

- Vadå? Menade med vadå?

- Ja, att hon fått nog!

- Men snälla du, det kan ju inte jag veta! Men om någon sagt så till mig skulle jag väl också undra, rannsaka mig själv lite och fundera över vad som kanske kunde ha varit irriterande, men framför allt hade jag nog bett om en förklaring, kanske krävt det till och med för att kunna förändra saker och ting! Det är nog lättare att se andra tydligt än sig själv!

- Ja, så sant och jag ser dig väldigt tydligt! Du är så vacker och så klok!

Fylleprat, tänkte jag, men kände mig ändå lite smickrad. Klok! Det var ju inte vad jag var van att höra. I min relation med Erik var det ju han som var den kloka och jag den praktiska. Kanske var jag lite klok jag också! Allt måste bara ses ur rätt sammanhang. Även jag kunde vara klok!

Maten hade fyllt våra magar till något över idealmängd och fått oss att halka in på receptfunderingar kring vad bordet bjöd och vi utbytte våra egna specialiteter. Kvällens samhörighetstrivsel kryddad med lite matkunskapsförkovran, det blev helt enkelt en förträfflig kväll! Ja, förutom det där med Fredrik då. Visst var det trevligt att bli uppskattad, bara han inte ville något mer. Jag ville inte vara någon axel att luta sig mot eller bli något nytt kärleksobjekt. Nej, vänlighet och förståelse på lagom avstånd kunde räcka, men förstod han det? Jag var osäker. I taxin hem som vi delade eftersom han också bodde i Vasastan hade han tyckt att det skulle vara trevligt att avsluta kvällen med en drink eller en kopp te hemma hos honom. Kanske han bara ville ha ett lyssnande öra en stund till, men jag avfärdade det hela så vänligt jag kunde med att säga att jag skulle upp tidigt dagen därpå och gav honom en tröstande kram. Ett litet gruskorn i den sköna skon som skavde blev det dock. Han hade definitivt haft ett behov av närhet och förståelse och jag hade inte velat ge det mer än vad vanlig anständighet kräver. Varför ska det vara så svårt att vara en god medmänniska utan att få förhoppningar knutna till sig? Nu skulle vi i alla fall kunna se varandra i ögonen på måndag utan att känna att någon gått för långt åt något håll. I stort sett så hade det i alla fall varit en lyckad kväll, god vällagad mat och en aning inspiration för kommande stunder vid spisen, trevlig stämning och lite smickerspray för självkänslan och det där med Fredrik skulle nog ordna sig. I nyktert tillstånd skulle han nog bara vara tacksam över mitt lagoma engagemang!

Anna

När allt lugnat ner sig efter sommaren växte ett nytt liv fram, inrutat i tre avdelningar, arbetet, ensamtiden och livet tillsammans med Erik. Jag värdesatte alla tre. Arbetet var omväxlande och roligt för det mesta. Ibland kunde det väl hända att det dök upp uppdrag som inte var så särskilt inspirerande att ta sig an, men de utmaningarna var ju egentligen de bästa om man tänkte efter. Det var då man tvingades att anstränga sig lite extra och tänka i andra banor. Man fick en chans att utvecklas och efteråt kunde en känsla av nöjdhet breda ut sig. Tänk att det gick att få fram något av det här också! Fast inte alltid! Ibland kunde man komma på kollisionskurs med uppdragsgivaren och tvingas till eftergifter som dämpade entusiasmen, men även det kunde man ju se som en nyttig erfarenhet. Alla baksidor har en framsida och kan man bara se den så blir allt så mycket enklare. Det bästa är väl att kunna se båda, få en nyanserad bild så man blir medveten om både konsekvenser och möjligheter. Jag tyckte nog att jag var det, medveten, ganska mycket, fast så tycker nog alla. Man vet ju inte vad det är som man inte vet.

På helgerna var jag ofta ensam eftersom Erik då hade barnen och bodde hos sig, men det störde mig inte. Faktiskt trivdes jag med den ensamtid jag fick. När den inte var större än så här så kunde jag se den som en tillgång. När vi så småningom skulle träffas, barnen och jag, skulle väl Erik säga upp sitt andrahandsboende och vi skulle bli sammanboende på riktigt och ett nytt kapitel skulle börja för oss. Att det inte skett ännu berodde inte på tvekan utan mer av försiktighet, en sorts omtanke om andra. Alla upprörda känslor måste få tid att lugna sig. En sak i taget.

I ensamtiden kunde jag i lugn och ro ägna mig åt mina intressen. Fotograferandet och efterarbetet med bilderna fyllde det mesta av tiden. När vi sedan sågs, Erik och jag, hade jag stort utbyte av att gemensamt diskutera stämningar, former och linjer med honom och han kunde sakligt ge mig uppskattning och även uppmärksamma mig på nya saker. Han var sant intresserad och det var en ynnest att kunna dela mina tankar med honom.

Det här var en helt annan ensamhet än den jag upplevde året tidigare efter uppbrottet. Den hade präglats av tomhet, sorg och ilska och den hade ockuperat och isolerat mig. Nu var det tvärtom. Nu var den ett drivhus för tankesticklingar och jag kände mig som en hängiven trädgårdsmästare.

Vår tid tillsammans hade fyllts av varandra, men även börjat anta så smått en viform i omvärlden. Några vänner hade stiftat vår bekantskap och vi hade träffat Saga och Maria och Jonas och våra tankar uppehöll sig hos dem ibland med funderingar kring framtiden och faktiskt så vandrade mina tankar då och då till Rosmarie också. Det var

som om hennes liv var mitt liv på något sätt.
All denna längtan efter trygghet, att känna
sig villkorslöst älskad och få komma nära den
personen, i det var vi lika, men det kändes
som om hon hade hanterat sin situation
bättre än jag vid uppbrottet eller var all
förståelse och acceptans bara en fasad?
Rasade hon invärtes som jag gjort och kände
vredens kramar strypa all energi? Det
framskymtade aldrig, men det är svårt att tro
på förklädda änglar. Det var lättare att se
mig själv i henne. Hon var jag, arg, förtvivlad
och fast besluten att stänga allt inne. Inte
ens dagboken hade fått ta del av hennes
innersta. Jag hoppades att sorgen och ilskan
försvann då Saga kom till världen. Det tror
jag. Hon såg nog Saga som en magisk gåva
som var så mycket större än allt annat.

Nu närmade sig julen och jag hade fått
adventssmittan storstädning. En gång om
året kunde det ses som nöjsamt, men det var
med det som med så mycket annat, sprider
man ut företeelsen så förlorar den i värde.

Nu var det i alla fall rent i alla vrår och julpyntet kunde känna sig välkommet och jag kände en sorts nöjdhet. En pappersbonad med häst och tomte och texten *...och krubban han lutar sig över fylls med doftande klöver,* prydde nu köksväggen och i fönstret stod adventsljusstaken flankerad av två amaryllis i knopp. Bonaden hade jag hittat i en secondhandbutik och känt igen från barndomens besök hos mormor. Den var bara ett måste.

Barndomens jular var mormor. Med svällande kakburkar och saffransdoftande bullar välkomnade hon oss och i finrummet luktade den nyintagna granen jul och väntade på att få bli klädd av mormor och mig. Några änglar fick inleda den förestående helgen med att flyga runt i rummet för att sedan få ett bo byggt av glitter längst in i granen. Det var lek och det var högtid och glädje. Mormor kunde leka. Hennes tankar hade också vingar och jag älskade att krypa tätt intill och lyssna på hennes sagor.

På julaftonskvällen stod vi vid fönstret och spanade ut i mörkret efter ljuset från tomtens lykta där han kom dragande på sin kälke med julklappssäcken. I minnet står träden snötyngda mot en stjärnprydd himmel och all växtlighet ligger inbäddad i ett bolster av vita flingor. Det var tyst och stilla och man kunde höra medarnas sus och gnissel på långt håll. Så här i efterhand förstår jag nog att det inte alltid var en vit jul, men tiden har en förmåga att retuschera så att bara de starkaste intrycken blir kvar. Innan kvällen var slut satte mormor ut ett fat med gröt till tomten och på juldagsmorgon stod ett renslickat fat på trappen. Alla var nöjda, i synnerhet räven. Julen var ett besök i ett gränsland mellan saga och verklighet.

Jularna varade i nio år. Sedan gick mormor bort och magin försvann. Mamma sålde mormors hus och skilde sig från pappa och världen blev blekare och saknade en värmekälla.

När jag nu tittade på julbonaden kunde jag för en kort stund höra vedspisen knastra och känna mormor tätt intill mig och en pust av barndomens jul svepte in i köket. Jag fyllde en utkavlad saffransdeg med mandelmassa och glöggdränkta russin, som jag rullade ihop för att göra bullar av och frågade henne tyst:

- Tror du det blir bra?

Hon nickade och log och jag fortsatte med matbrödet. I radion pågick en högmässa och jag hade ingen aning om vad som sas, men ljudet skapade en söndagskänsla och radion fick stå på.

Erik hade gett sig iväg för att ta med sin mor till kyrkogården och jag tänkte att det skulle bli gott med nybakt bröd till den soppa som så småningom skulle stå på bordet. Jag upplevde inte mig själv som huslig. Att lägga ner en massa tid på något som bara blir en njutning för stunden kändes som tidsslöseri. När man ansträngde sig, så ville man ju ha ett resultat som varade. Det var nog mest det som gjorde att jag inte var så intresserad av matlagning. Använde jag den tiden till att skapa något annat så försvann ju inte tiden utan den fanns kvar, omvandlad till något påtagligt. Rationellt! Så det var vad jag var, en tidsekonomisk pragmatiker, fast egentligen var det kanske lika mycket en sorts lättja eller en olust att infoga sig i trender och måsten. Folk fick göra vilken tolkning de ville. Hur man än valde att se på saken så avslöjade det mer om tyckaren än om föremålet.

Nu kände jag i alla fall ett visst nöje i att stå i köket. Några gånger om året kunde det vara roligt och då kunde det få gå till överdrift till och med. Jul och advent var sådana brytpunkter och jag kryddade bak och soppa med förväntan och glädje.

Så hörde jag Erik komma. Han skyndade sig in i köket, ivrig att berätta något.

- Vet du vad mamma tror?

- Nej, hur ska jag kunna det, men av din förfärade min att döma skulle man kunna tro att hon tror att tomten ska komma.

- Värre än så! Hon tror att jag har ett barn utanför äktenskapet!

- Va! Hur kan hon tro det?

- Tydligen såg hon mig bredvid Saga utanför NK igår och tyckte att hon var en kopia av mig som barn.

- Men vad sa du då?

- Att hon hade fel, men hon envisades och till slut skällde hon ut mig och tyckte jag var en feg och omoralisk varelse som inte var värd en konversation ens en gång. Då borde jag väl ha sagt sanningen, men trots att jag blev så arg på henne kunde jag inte förmå mig till att berätta.

- Det förstår jag. Hon är i alla fall din mamma som du är rädd om. Du gjorde nog rätt som inte sa hur det låg till egentligen, men hur ska du få henne att släppa idén om ett extra barn?

- Ja, det kan man fråga sig! Jag kan ju inte gärna bevisa någonting. Det skulle bara förvärra situationen. Hon får väl tro det ett tag, så får vi se om hon släpper det så småningom. Det tänker jag i alla fall försöka. Mmm, vad det luktar gott! Det luktar mat och jul!

Vi satte oss till bords och det blev nästan oundvikligt att inte prata om julen. Vi delgav varandra våra barndomsminnen och jag förstod att hans mamma tillhörde de som vårdade traditioner och lyste ikapp med julljusen när köket blev fyllt av det ätbara. Min egen mamma hade inte brytt sig så mycket. Hon var nog glad och tacksam att mormor tog sig an julen. Efter mormors bortgång minns jag knappt jularna, inte som jular i alla fall. Numera efter sin pensionering för några år sedan bodde hon i Spanien och vi sågs inte så ofta.

När jag berättade om mormor var hans kommentar

- Precis så kan jag se dig framför mig år 2045 eller så! Evigt ung! Jag förstår att hon betytt mycket för dig!

- Ja, det har hon och nu var hon med i köket och förberedde julen!

Dagen därpå ringde Eriks mamma och bad om ursäkt för att hon blivit så arg. Hon sa också att hon inte var övertygad om att hon haft fel, men i så fall var det Eriks ensak. Han fick väl berätta när det passade honom. Erik verkade lättad efteråt och jag kände lite beundran över henne. Att be om ursäkt för sitt beteende utan att komma med några undanflykter tyckte jag var starkt gjort och jag kunde också förstå den besvikelse som hon måste ha känt i stunden över att Erik undanhållit något så stort som ett barn, när nu det var det hon trodde.

Erik ringde Eva för att höra om modern varit i kontakt med henne, men nej, det hade hon inte. De småpratade en stund och sedan så berättade Erik om gårdagens missförstånd som tydligen utlöste ett skrattanfall hos systern.

- Skratta du, men det är inte roligt! Mamma ringde idag och bad om ursäkt för att hon blivit så arg, men hon tror fortfarande att Saga är min dotter och hur roligt är det?

Så hälsade han till familjen och sa att de snart skulle höras.

Efter några dagar ringde Eva tillbaka till Erik och berättade att hon tänkte att deras mamma kunde fira julen hos dem och undrade hur han hade tänkt sig julen, om han skulle träffa barnen eller vara med mig eller om han skulle bli ensam. I så fall var han naturligtvis också välkommen dit och självklart var även jag välkommen om jag ville.

- Tack för inbjudan och det låter som en god idé att mamma kommer till er i år. Det tror jag att hon gärna gör. Första julen efter pappas bortgång innebär antagligen ett förstärkande av sorgen och att då vara hemma med alla minnen så tätt inpå blir svårt, så ditt förslag låter bra, fast man vet aldrig, hon kanske vill borra ner sig i en minnesbädd alldeles ensam eller också kanske hon vill att allt ska vara som det alltid har varit, att ha oss alla omkring sig och putsa på alla traditioner, men fråga henne du! För egen del måste jag nog tacka nej. Det blir för snärjigt annars. På julaftons förmiddag ska jag besöka Iris och barnen. Sedan ska de åka till Iris mamma och jag och Anna firar nog i stillhet här hemma hos henne. Det blir ju faktiskt vår första jul tillsammans och det känns bäst så, men före jul ska ka jag väl berätta för mamma om Anna. Det är på tiden nu och då slipper hon oroa sig och undra varför inte jag kommer till er för jag antar att hon gärna firar julen hos er i år.

- Låter klokt! Gör så! Jag tror att hon accepterat er skilsmässa nu och vill nog gärna se att du inte är ensam. Dessutom tror jag att hon kommer att uppskatta att hon får bli den första att välkomna Anna.

- Ja, det är nog sant. Ska kanske ringa henne redan idag.

Så gjorde han och jag hörde honom fråga om hon fortfarande hoppades på en återförening mellan Iris och honom, i så fall var det dags att se verkligheten i ögonen, att det inte skulle ske.

- Hon är en fantastisk människa och jag är glad att hon är mor till mina barn, men vi två passar inte ihop helt enkelt.

- Nej, det gör ni nog inte. Du har inte uppskattat henne tillräckligt och det börjar hon nog se själv nu också, så det är väl för sent för ett återförenande, hörde jag hans mor säga, men det gläder mig att du är tacksam över att hon är dina barns mor! Fast inte allas förstås!

- Nej, inte nu igen! Jag har ju förklarat att du bara inbillat dig det!

- Jag vet det, men jag såg vad jag såg! Vi får prata mer en annan gång. Nu har jag en tid att passa!

Så avslutades samtalet och jag hörde Erik sucka, så hann det inte bli sagt det han ringde för.

- Jag får ringa henne en annan kväll!

Veckan förflöt med mycket arbete både för Erik och mig och på helgen var han upptagen med barnen. Planen var att de skulle göra ett Skansenbesök på lördagen och gå runt i de gamla husen och uppleva julen förr och jag mindes mina egna vinterbesök från barndomen, hur fötterna domnat bort av kyla medan man svettats i alltför varma tröjor och bara längtat till Bollnästorget för att få handla något.

- Gå inte till alla hus och stanna inte för länge i stugorna! kunde jag inte låta bli att säga, tänk på att du kanske har mera ork än barnen!

- Ja, det vet jag, men tack för att du påminde mig! Har du egen erfarenhet som talar eller…?

- Ja, det har jag. Det jag minns bäst är kalla fötter och det är det som sitter i och talar nu och en vinterdag fick jag mer än kalla fötter för då badade jag i en av fågeldammarna, fast då var jag själv med en kompis.

- Va! Varför gjorde du det?

- Du tror väl inte att det var med flit?

- Nej, men man vet aldrig. Du var väl oförutsägbar redan då antar jag. Hur gick det till då?

- Jag skulle mata några änder som simmade runt i en vak och isen brast så de fick sällskap i vattnet. Sedan kravlade jag mig upp och en tant tog hand om mig och tog in mig i ett hus, och där blev jag insvept i en filt och bjuden på te. Så ringde de hem till mamma så hon kunde komma med torra kläder. Minns ännu hur ompysslad jag kände mig, så trots badet så blev det en väldigt trevlig dag.

- Vi kan göra om det om du vill, men bara du och jag då och inte på Skansen. Vi tar det på ön i så fall och med hett te i termosar och en uppsjö med varma plädar!

- Det låter som ett bra förslag för nyårsafton!

- Tur att du inte sa julafton!

- Nej, julaftnar får man inte röra! De är uppbokade för traditioner.

Erik

Barnen var klara när jag kom, ivriga att fylla sina kunskapsförråd med nya insikter och känna en länk till generationer före dem, trodde jag, men verkligheten var mer inriktad på smakupplevelser och möjliga närkontakter med gulliga djur.

- Det får väl bli både och, sade jag till mig själv för att hålla hoppet kvar om förkovran. Tur att vi är ute i god tid!

Det var en lite råkall dag med små, små regndroppar i luften, så lätta att de inte förmådde att falla utan tyngdlösa svävade runt våra huvuden och blötte våra kinder. Tänk att vädergudarna aldrig kunde sköta sin uppgift den här tiden på året! Nu skulle det möjligtvis bara vara snöflingor som kunde ge en försmak av jul, men allra helst kristallklar luft och frostig mark. Duggregn, det är för sent på året för det!

- Det ska bli skönt att komma in i stugvärmen och känna den goda lukten från brödbak, tänkte jag och föreslog barnen att vi skulle ta rulltrappan upp för att snabbt komma till husen och då kan vi börja med att besöka stadskvarteren och se vad som finns där och sedan kan vi fortsätta till tomteposthuset!

- Vadå, sa Vilgot, vad är det för ett hus? Du hittar bara på!

- Nej, sa jag, det är sant! Det är väl inte bara till för det kanske, men alla brev som ligger i brevlådorna som är till tomten hamnar där, åtminstone gjorde de det förr.

- Och där hämtar tomten de sedan, fortsatte Vilgot utläggningen och lagom till julafton har han uppfyllt alla önskningar! Alice, du har väl skrivit till tomten!

- Vad dum du är, svarade hon. Jag är väl inget litet barn heller. Jag tycker det är bra att inte Posten slänger breven. Sedan kan ju de som vill ge bort saker till jul läsa dem här och då kanske det blir så!

- Du är klok du! Hoppas det är så, sa jag och kände mig nöjd med att båda accepterat den här vägen istället för att passera terrariet och shopen, vilket de förmodligen inte förstått att de missat.

När vi kommit upp till stadskvarteren kände vi som förutspått en magnetisk doft av bullar och kakor som drog oss till bageriet och det fick bli första tankstation för att fylla på energin. Det kom att bli flera sådana, mer än flera.

Efter en hastig blick in i Älvrosgården, där de inte hann se mer än en julgran, föreslog de att det var dags att besöka djuren och utanför Lillskansen fick de chansen till närkontakt med några getter som förmodligen visste vad vi hade i våra kakpåsar. Med en påse mindre och två getluktande barn besåg vi sedan kattungar och kaniner inne i huset och barnen avslutade besöket med att skriva katt och kanin överst på sina önskelistor.

Så var det dags för sälmatningen och många andra ville också se deras glädje över dagens meny. En liten två-åring intill oss upprepade enträget: Bada, bada! Oje bada! och försökte ta sig ur sin pappas famn. En annan kastade sitt gosedjur till sälarna och skrek högljutt när de inte kastade tillbaka nallen. Alice påpekade hur söta de var. Jag antog att hon menade sälarna och nickade. Vilgot trampade otåligt runt och ville ner till Bollnästorget.

Jag föreslog att han kunde gå i förväg, så fick han lite extra tid att fundera på om det var något han ville handla. Med ett okej slank han iväg innan jag hunnit ge honom några förmaningar eller tid och plats. Och mycket riktigt, som jag befarat, såg vi honom inte när Alice och jag anlände dit.

- Han vill nog handla något utan att visa oss, sa Alice och jag instämde för att lugna åtminstone henne. Efter att ha inhandlat brända mandlar och polkagrisklubbor och blött fötterna i vattenpölar och gått runt stånden tre gånger tog jag fram telefonen och ringde.

- Var sjutton håller du hus? frågade jag med en röst som försökte låta vänlig.

- Åh, är ni redan där! Jag kommer!

Jag välsignade dagens tekniska utveckling och köpte oss varsin våffla. Vi hittade ett vattendränkt staket att luta oss mot och avnjöt kalorierna och funderade på om någon liten tomte skulle få följa med hem. Våra fötter längtade efter torra strumpor och vila och när jag föreslog samma väg tillbaka med ett litet stopp vid butiken bara för någon eventuell julklappsidé så mottogs det förvånansvärt positivt. Jag brydde mig inte om att fråga vad som varit roligast. Det spelade ingen roll om det var bageriet eller getterna, vilket jag antog att valet skulle stå emellan. Så länge jag inget visste kunde jag inbilla mig något annat.

När jag lämnat av barnen bestämde jag mig för att åka förbi mamma och prata med henne hemma hos henne, istället för att ringa. Jag passerade en blomsterhandel med vackra juldekorationer på väg till tunnelbanan och såg ut en fin krans att ta med mig till henne för att hänga på dörren. Jag slog en signal för att höra om hon var hemma och sa att jag hade vägarna förbi och tänkte komma upp en stund om det passade.

- Ja, så roligt! Jag sätter på lite kaffe då!

- Visst, gör så! Det blir bra. Jag har inte druckit det sedan i morse, så det kan smaka gott!

Det luktade pepparkakor i trapphuset och jag gissade att det var mamma som var upphovet. Mycket riktigt och till kaffet satte hon fram ett fat fyllt med grisar och hjärtan och förklarade att det nog mest var för luktens skull hon bakade dem varje år.

- Egentligen tycker jag att en del köpepepparkakor är godare. Det är svårt att få kakorna så spröda som de i affären är, men det hör liksom till att baka till jul, så därför blir det så!

Hon tackade så väldigt mycket för kransen. Så fin den var! Den skulle hon hänga på ytterdörren.

Hon verkade nöjd och glad och det var skönt att se, så det var lika bra att få det sagt med en gång.

- Mamma lyssna nu, jag har träffat någon! Någon som jag vill fortsätta att träffa och vill få en framtid med. Jag hoppas att du förstår att det inte är Iris och jag längre och jag tror att du kommer att tycka om henne också så småningom.

- Vad säger barnen?

Så typiskt att svara med en motfråga!

- Nej, de vet inget ännu. Ville att du skulle få veta det innan det är dags för dem. Jag väntar nog till efter jul att berätta för dem och Iris. De ska få ha julen ifred utan att tänka på annat.

- Ja, det kanske är lika bra det, men sorgligt är det att äktenskap nu för tiden har så svårt att hålla, men jag har förstått att Iris kommit över det nu och då får väl jag också göra det.

Sedan frågade hon om jag var helt säker på att det var rätt nu, för annars tyckte hon inte barnen skulle blandas in.

- Ja, det är jag, och så berättade jag om att vi delade så mycket av intressen och syn på saker och ting.

- Det kanske är bra, svarade hon, men det måste inte vara så. Det finns mer i livet och olikheter kan ibland vara av godo!

- Ja, det vet jag och det är inte så att vi är lika i allt, inte alls, men vi förstår varandra. Hur som helst är jag mycket fäst vid henne och jag hoppas att du också kommer att bli det.

Så värst mycket mer sa jag inte, berättade bara lite kort om Annas yrke och intressen och sa

- Du får väl veta mer sedan när ni så småningom ses!

En liten stund senare gav jag mig iväg och det sista hon sa var

- Tack för att du berättade!

Anna

Jag märkte att Erik kände sig lättad efter sitt besök hos mamman. Det var väl skönt att ha en hemlighet mindre att bära på. Det finns nog inga lätta hemligheter. Jo, förresten, men de är av en annan sort, de som ska bli överraskningar! De är så lätta att de ibland lyfter en lite, men det vi menar för det mesta med hemligheter är inte sådana. Nej, de hemligheterna är oftast tunga, hänger som bojor runt fötterna och får en att röra sig så lite som möjligt, krymper världen för en och en del måste man bara dela för att orka med. Det här var väl inte en så stor hemlighet, men den hade blockerat lite av varandet och att han nu delgett mamman det hela kändes bra och framför allt att hon hade tyckts ta sakernas gång lugnt.

Efter några dagar ringde hon Erik och sa att hon gärna ville träffa oss och om vi kunde tänka oss att besöka henne på lördag, så var vi så välkomna!

Jag gladdes, men kände mig också lite nervös. Var det uppriktigt menat? Skulle jag duga åt hennes son? Denna kvinna som både Erik och Eva månat om och gett omgivningen en bild av som skör och hjälplös stämde den bilden verkligen? Fick snarare en bild av en stark kvinna som barnen kände respekt för.

Jag sa inte så mycket till Erik om min oro, men han märkte av den ändå och försökte lugna mig med att säga

- Ni har faktiskt ett gemensamt drag ni två. Ni är båda lite impulsiva ibland.

- Jaha, och det tycker du är lugnande att säga. Du vill alltså förbereda mig på att ett verbalt istundenkänslofall kan inträffa. Så omtänksamt av dig!

- Dumbom! Jag menar bara att du inte behöver oroa dig för någon dold agenda!

Även om lite ängslan dröjde sig kvar hos mig tyckte jag att det skulle bli roligt att träffa henne och se det hem där Erik vuxit upp.

Det var med förväntan och bara lite hjärtklappning vi på lördagen tryckte på ringklockan till en kransprydd ytterdörr och välkomnades av Eriks mamma.

- Så roligt att få träffa dig Anna! Ja, Erik sa att du heter så och jag heter Karin om han inte redan sagt det. Ni är så välkomna! Jag tänkte att vi väntar en stund med maten och tar lite husesyn först och så får du fråga mig om allt du vill veta! Män är inte alltid så bra på att informera om sådant!

- Skvaller och oväsentligheter menar du, hördes det från Erik.

- Nej det menar jag inte utan vad jag menar är sådant som har med vardagens sociala liv att göra.

Hon hängde undan våra ytterkläder och bad oss stiga in.

Då vi trädde in i vardagsrummet var det första jag såg en adventsstjärna i fönstret mitt emot dörröppningen, en orange med små, små utstansade stjärnformade hål i.

- Åh, en riktig stjärna! Så fint!

- Ja, svarade Karin. Den kommer från mitt barndomshem. Det var så de såg ut förr i tiden. Jag minns inte att det fanns några andra då.

- Min mormor hade en likadan, så för mig är den här stjärnan den rätta.

- Så roligt att du tycker det och så sant! Så är det nog! Barndomens jular sätter djupa spår. Det är väl därför som man så gärna vill behålla allt gammalt! Det finns en hel del kvar här från min barndom och varje jul när jag plockar fram de sakerna så känns det lite som att de som inte längre finns i livet ändå är med en lite.

Så visade hon runt i rummet och pekade på några gamla garntomtar i granen, flaggor på tråd, halmpynt och flätade hjärtkorgar i glanspapper och jag befann mig för en kort stund i mormors kammare och kände en tråd till Karin som hellre pyntade granen med minnen än med glänsande färgstämda kulor.

Vi gick runt i lägenheten och hon berättade lite om det vi såg och om familjen och förde emellanåt över samtalet på mig, ställde lite försynta frågor, men inte närgångna och jag fann det lätt att prata med henne. Tydligen hade hon nu accepterat att Erik och Iris skulle gå skilda vägar och ville lära känna mig. Erik hade väl inte sagt så mycket mer än att vi hade samma yrkesbakgrund och delade varandras intressen och värderingar.

- Jag hörde av Erik att du tycker om att fotografera och är duktig på det också. Det är nog bra att förstå sig på varandras intressen och att kunna utbyta åsikter med varandra. Kan tänka mig att det kan skapa en särskild sorts gemenskap.

- Jaa, det gör det faktiskt! Man blir så nära då och allt förstärks på något sätt.

- Jag har förstått att han värdesätter dig mycket och det känns bra.

- Det är i högsta grad ömsesidigt!

- Det glädjer mig! Tack!

Hon bjöd på glögg och fruktkaka vid ett bord med tända ljus i ett änglaspel. På bordet låg en löpare broderad med grankvistar och julstjärnor. Det var mycket jul för alla sinnen och det kändes välkomnande och samtidigt lågmält. Det var ett hem att trivas i och jag såg framför mig Erik som barn, uppfödd på omtanke och tradition. Som om hon kunnat läsa mina tankar sa hon

- Du vill kanske se lite barndomsbilder på Erik?

- Nej, snälla mamma, bespara henne det!

- Jo tack, det vill jag gärna se!

Efter en stund låg ett album på bordet med årtalen 1980- 1985 med snirklade siffror på.

- Du behöver inte vara orolig Erik! Vi ska inte titta på allt, bara på några utvalda.

Första sidan pryddes av en baby som med allvarlig blick tittade mot en, nästan som om det var han som begrundade åskådaren och inte tvärtom.

- Ja, det här är Erik i ett nötskal! Iakttagande och tankfull redan då han föddes och så har han varit sedan dess, alltid undrande och orsakssökande.

- Det måste ha varit roligt att ha ett sådant vetgirigt barn!

- Ja, det var det, men det hade en baksida också. Allt skulle ifrågasättas och det har nog inte gått över ännu!

- Nej, vet du vad, inföll Erik, nu överdriver du! Att man granskar saker och ting innan man tar ställning är inte riktigt samma sak!

Jag log och vände mig till Karin och sa att jag förstod vad hon menade och sa att den här undersökande sidan hos honom är något som jag uppskattar väldigt mycket.

- Det gör att det är roligt att diskutera med honom. När han säger något så känns det väl underbyggt och när man själv säger något så lyssnar han noga.

- Ja, det kan jag hålla med om! Nu när han är vuxen är det en stor fördel hos honom, men det var inte alltid det förr, som i skolan till exempel. Hans ifrågasättande då sågs inte alltid som en tillgång och jag kunde nog också ibland bli lite trött på det.

- Hallå där! Jag finns fortfarande kvar i rummet, hördes från Erik. Jag trodde ni skulle titta på några foton, inte dissekera min personlighet!

- Ja, förlåt! Det ska vi inte. Du kan själv få kommentera bilderna!

Hon bläddrade fram några sidor och visade några sommarbilder från lantstället med bad och saftstund och mete och Erik minimerade utläggningen till högst två ord per bild och kom snabbt till sista sidan där en porträttbild på en sexårig Erik med tandglugg fick honom att säga

- Jaha, då vet du hur jag kommer att se ut om fyrtio år!

- Jaa, med en busglimt i ögonen även då. Det tror jag på.

Så försvann Karin ut i köket för att hämta fram mat och bad Erik att visa runt lite mer på vad jag kunde tänkas vilja se. Vi styrde stegen till faderns arbetsrum och Erik vandrade tillbaks i tiden.

- Det här var min fars vrå i världen, den plats som skänkte honom ro och stimulans och tror jag den plats av alla där han trivdes allra bäst.

Och jag kunde förstå vad Erik menade. Väggarna var helt klädda med böcker och vetenskapliga tidskrifter och utmed fönsterväggen sträckte sig ett förlängt skrivbord. Mitt emot stod en soffa inklämd mellan bokhyllorna med ett litet bord framför.

- Ja, det var nog min favoritplats också en gång i tiden. Här i soffan var det vi två, han och jag och det var bara att öppna en bok och världens alla mysterier kom till oss, fick liv och en plats i tillvarons pussel. Än idag känns den här platsen speciell. Den känns som farstun till både trygghet och spänning. Jag vet inte hur jag ska beskriva det, men den har betytt så mycket för mig och det är som om lite av upplevelserna sitter kvar i rummet. Förstår du hur jag menar?

- Ja, det gör jag och det tror jag att även din mamma gör. Det är nog samma sak som hon känner när hon plockar fram barndomens julpynt.

- Ja, ett desperat försök att få tiden att börja gå bakåt och hoppa av där man vill.

- Tror du att det är så det är? Inte för mig. Jag vill vara där jag är, kanske med ett litet skåp där mormor bor och där jag kan krypa in någon liten stund, men annars är det nuet som gäller.

- Ja, nuet och framtiden, sa han och höll om mig och jag kände att han var farstun för mig.

Efter en stund kom Karin och sa att det var dags att sätta sig till bords och vi avnjöt inkokt lax med romsås och en sallad på grönt och rött spetsad med citronklyftor. Det var gott och lagom mättande, så vi orkade med varsin tårtbit till kaffet efteråt, en pepparkaksbotten fylld med rårörda lingon och överdragen med kolasås och grädde.

- Jag ville att det skulle bli lite jul till kaffet, förklarade Karin. Det är ju bara någon vecka kvar till julafton.

- Mm, det smakar så gott! Är det någon kaka ni har som tradition?

- Nejdå, inte alls. Det här var bara stundens ingivelse, men roligt om det smakar.

- Ja, det gör det verkligen, eller hur Erik?

- Ja det var gott, men det brukar det vara när mamma är i farten. Jag tror hon gillar att hålla på i köket.

- Jo, det kan nog stämma. Nu på gamla dagar har man ju tid också att experimentera lite, så det är väl sant som du säger, Erik. Jag trivs i köket.

Vi stannade någon timme ytterligare och den oro jag känt inför besöket var helt onödig. Eriks mamma hade varit så välkomnande och hon kändes så jordnära och uppriktig så det var med värme jag senare kramade om henne och tackade för dagen.

Hon såg nöjd och glad ut och svarade

- Tack ska ni ha för att ni tog er tid att komma! Det var så roligt att få träffa dig Rosmarie! Nej, vad säger jag? Anna menar jag förstås. Var fick jag Rosmarie ifrån?